伤 逝

小说界文库　　　《小说界》编辑部
第二辑　　　　　编

上海文艺
出版社

目　录

费丽尔　董夏青青..........1

清水落大雨　王占黑.........29

余　音　邓安庆.........81

逃　遁　陈思安.........109

五月将尽　张玲玲.........135

无人禁飞区　王莫之.........165

到灯塔去　大头马.........193

实习生　沈大成.........233

费丽尔

董夏青青

董夏青青 1987年生,祖籍山东安丘,在湖南长沙长大。小说和散文作品发表于《人民文学》《解放军文艺》《当代》《十月》《收获》《芙蓉》《创作》《青年文学》《青年作家》《小说界》《大家》《西部》《南方周末》等报刊,部分作品被《小说选刊》《小说月报》《思南文学选刊》等杂志选载。出版有随笔集《胡同往事》、小说集《科恰里特山下》。

有些人想说什么，就能说出他想说的。但他自己的痛苦和诉求说不出来。钱不够还要找好大夫、给孩子用好药，就等于在没路的地方走，没手还要抓东西。从穆哈吉尔家新上漆的窗户望出去，山峦在雾气蒙蒙的天光中冒烟。震耳欲聋的山风箍住这片低矮的土房子，将碎石头碾裂成砂。

他在靠炕沿一侧的墙边坐着，点开手机备忘录里的"借款"项。他想了两天列出来的三个名字，都有充足的理由向他们开口。先说龙虾。一三年上边境架品字形的铁丝网，六十四公里的路段包给他们连队四十个人。那三个月，吃住都在紧挨着铁丝网的帐篷里。分区司令拉了一车西瓜去看他们，说我把兵带成乞丐了啊。架网的地方在坡脊上，四十五度的斜坡车开不上去。一个二百四十多斤的水泥柱支架得俩人从车上搬下来，抬着走二百多米上山。铁丝网成捆拉过来，一大捆两吨，剪开按小捆推下车，再戴上帆布手套推着往山里走。

小捆的铁丝网直径有一米二，要是没扶住，滚到坡底还不一定能收住，跑下去再推上来更费劲，所以开大车的师傅会嘱咐一声，要是快滚下去了就拿他带过来的铁杆子往里插，插住就滚不动了。但是龙虾刚二条，做事有点虎。那天走在前头的家伙脚底一滑没扶住,眼看那捆铁丝要往下滚,龙虾冲上去就用肩膀顶。他在旁边看见了,一把拽开龙虾,另一只手本能地挡了一把擦着胸口过去的铁丝网。就那一下,左手掌心的肉全翻出来。龙虾跳起来去帐篷里找三角巾。人都围过来,刚有人用橡皮筋扎住他的胳膊,他就晕过去了。

送铁丝网的司机抄平日巡逻走的小路回连队,那边连队接到电话,军医赶紧准备针线。过了一个多小时,他被抬进医务室。针刚穿进肉里,又没了知觉。排长拿热毛巾敷在他冰凉的额头上。借着麻药的劲,军医给他把零零碎碎的烂肉剪掉了,缝了十八针。

龙虾说,到死也不会忘记这个恩情。

再说海比尔。海比尔是团里的驾驶员,跟他同年兵。去年海比尔开着陕汽2190大牵引车去连队送物资,他正好参加炊事比武拿了二等奖回团,爬上副驾驶座就跟着上山了。从团里出发一路都是晴天,一进沟就开始起雾。从进沟到连队一共四百八十六道弯,二百九十个大弯。在夹着雪子的雨雾里走了四十八公里,车子在拐一道弯时突然侧滑,左前胎滑出路面悬在那里。山岩下的冰层很硬,周围略薄一些的地方则是雪和泥混在一起。海比尔伸头看了一眼,坡度往下有七八十度。海比尔把挡一把挂上六驱,俩人脑袋都扎到挡风玻璃上去了,左前轮也只是打滑空转,根本倒不上去。

海比尔问他,能给这车弄上去吗?他摆手,示意俩人先下车,他小跑绕到主驾驶这一侧,海比尔搬来两块大石头给他垫脚,推着他往驾驶室里爬。他刚关上主驾驶座车门,就看到海比尔小跑冲下土坡。他摇下窗玻璃叫海比尔,哎你不上来吗?海比尔挥臂喊道,我在这指挥你。他骂了一句摇上玻璃,寻思干脆把右前轮也放下去,先调正车头。他把左前轮一点一点挪下去,再把右前轮蹭下路基。等车头都下去了,六驱一挂,强加力加上,轮胎的抓地力一下恢复,才慢慢倒上来。他有荨麻疹,不敢热,衣服一穿厚了出点汗,身上就像针扎。无论刮风下雪,他的体能作训服里头都是短袖短裤。开这把车还是叫他冒了点虚汗,后背和腋下刺挠难忍。

海比尔的爸爸在喀什老城里开牙医诊所,他的大老婆给小孩补虫牙,小老婆帮老人镶金牙。有红本的大老婆是家里指派的,和海比尔的爸爸生了海比尔。小老婆是他早年去土耳其学牙科带回来的,和海比尔的爸爸生了两个女孩。

他是海比尔的兄弟,还帮海比尔避免了一场车辆事故,开个口也没什么。那个准备靠一带一路发点小财的浙江老哥，是第三个人选。去年十月，他和团里的军需助理上玉其塔什接老兵下山，在离连队二百六十多公里的地方，一辆红色皮卡正翻过达坂往下飙。他一看有点毛，就在路边宽敞点的地方停下车等它通过。但那辆车在下达坂的最后一道弯时突然溜冰侧翻，滚下河坝，车轮四脚朝天插进河里。

助理掏出手机给克鲁提乡派出所打电话，他就往翻车的地方跑。从路上下河坝约摸八十来米，他滑了四五跤才蹚进河里。眼看水往驾驶室里灌，他从水里摸出块石头就往挡风玻璃上砸，砸开了看见驾驶员在往外挣扎，但右腿被卡住了。他冲往下跑的助理喊，叫他回车里拿撬胎杠。助理找杠子的这会工夫，他趴近驾驶员跟他说话。不要张着嘴往里喝水，坚持一会，肯定能把你救出来。助理跑下水时，身后跟来两个老乡，四个人用了快一个小时才把这人从车里拖出来。

大概是在河坝里泡的时间长了，加上脑门和右腿又在流血，刚抬到马路上这个人就陷入昏迷。助理把棉袄脱下给这人盖住，他又把大衣脱下给助理披上。等了十来分钟，派出所的车过来把这人抬上车拉走，送地方医院了。俩月过后，这位老哥拖来连队两盆一帆风顺的盆景。还是他自己开的车。老哥说那天他赶天黑之前上泉华那边拜神，保佑他在附近新建的矿泉水厂诸事顺利。不指望水厂挣钱，主要靠它争取政府的政策倾斜。老哥打算去吉尔吉斯斯坦做电动车贸易。好比老家平度产葡萄，浙江就是出老板。他想跟老哥说说孩子的情况。

至于第四个借钱的人选，是他刚才胡乱想的。舒莱姆，舒莱姆。他嘟囔了两声舒莱姆的名字。眼神落在铺着红色花纹毛毡的桌子上，瞥见一只蛾子停在一块奶疙瘩上。他松开拳头，坐起来，屋外头的声音和油烟这才缓慢地涌进屋子。舒莱姆和他婆子在外屋烧火炖肉。隔着屋门口的帘子，他能看见舒莱姆在灶前躬下腰看火，他婆子拿着锅铲上下使劲。

人人都说舒莱姆是迈阿丹最有钱的克族人。连队一个老班长说，那年来了个武警部队的政委进山休闲，团长安排他住在连队，吃饭在舒莱姆家。舒莱姆收了连队给的伙食费，当政委提出想吃烤羊排，舒莱姆却把他带到了穆哈吉尔家。舒莱姆对穆哈吉尔讲，这是位大人物，如果招待得好，儿子以后上大学就可以找他念个好学校。穆哈吉尔说我的孩子才九岁，离上大学还早得很。舒莱姆就骂他没有见识，说了一番交际的道理。穆哈吉尔的老婆在旁边听见他们说话，乐呵呵地宰了羊娃子。政委那几天吃得很高兴，把这笔快乐账记在了舒莱姆头上，承诺以后有事找他。

政委一走，舒莱姆就给他写信。信中讲最近山里气候如何无常，他和家人又是如何生病缺药。另一边舒莱姆找到连队，对连长说为了招待政委，他和家人是怎样拿出最好的粮食酒和羊羔。政委寄了一大纸箱药给舒莱姆，连队搬了几袋米面到舒莱姆家。往后那一个月，舒莱姆把讨来的药和粮食卖给邻里老乡，挣到手的钱买了两头牦牛。他们说舒莱姆挑的牦牛也不是一般的聪明，连队用望远镜看它们会自己逛到山里泡野温泉。现在舒莱姆和妻子又一同成为护边员，每人每月有两千六百块的收入。

但问题是，谁规定了，有钱就得把钱借给别人？

肉汤上桌，穆哈吉尔和龙虾也端着面盆进屋了。他俩刚才在北面的柴房里拉面、炒盖菜。

老穆，今天吃的又是你家羊吧？他问。

穆哈吉尔笑吟吟地盘腿坐下，看了一眼舒莱姆。

你告诉郭班长，谁拿来的羊。舒莱姆说着也坐下来。

他不着急动肉，先捏了玻璃碗里的几粒巴旦木掰开吃。

反正这一顿不是我的羊。穆哈吉尔笑开了，放下手里的核桃皮擦了把嘴。

那是。他说。估计是舒莱姆的羊，不然特意等你媳妇回娘家，少了一张嘴他才拿过来。

几个人都笑了。

寿星，许个咋样的生日愿望？舒莱姆问他。

丫头的病早点好吧。他说。

咋样了？穆哈吉尔问。

在准备钱手术。他说。

你们连队没募捐吗？舒莱姆问。

他不让搞。龙虾替他答了。

他伸出手在近前的碗里瞎摸，抓起块糖剥开往嘴里放。

连队一个义务兵，他哑着嗓子说，他妈妈出车祸了，上上个月连队刚发动给他捐款，团里也组织，微信里边也号召捐钱。我这个事连长主动提了两回，但实在是不好。刚捐完一个又来一个，兄弟们咋想我……

一个是娃娃，一个是老人呀。舒莱姆说。

是啊。他说。

那咋办？舒莱姆问。

也不是没钱。他说。去年刚装修了县上的房子，我爸妈现在住着。要是把房子卖了，能有个二十来万，看病也够了。

那卖不卖？舒莱姆问。

不想卖。他说。爸妈刚接过来。

他们说话的工夫，穆哈吉尔拿小刀剔了些肉放进他们面前的盘子。面也分好了。几个人悄无声息地吃起来。

哎。他拿筷子点了点龙虾的盘子。

龙虾停下嘴抬头看他。

生孩子之前一定要做详细检查。他说。我和我媳妇不是八字不合，是基因不合，当时没查明白。

嗯。龙虾说。生孩子是大事。

我对我的小孩有三点期望。龙虾说。第一，孩子必须像我，不能像隔壁的。第二，机灵一点，哪怕提着开水浇花也证明有他自己的想法。第三，一定要有一点讨人喜欢的地方，不能看着就不让人高兴。

你媳妇在哪呢？穆哈吉尔笑起来。

我等着娶克州首富的丫头。龙虾冲舒莱姆弹了声响舌。

啥时候下山？舒莱姆放下筷子问他。

医院约上手术了就下去。他说。

你应该给你的小孩做一个事。舒莱姆望着他说。找一块狼髀石，小狼崽子的。

我有一颗狼牙。他说。

我知道，我给你的。舒莱姆说。但是男孩戴狼牙，女孩要戴狼髀石。

你有吗？他问。

可以帮你找人要一块，但是戴过的就不太灵了。舒莱姆说。你小孩的病有点厉害，你应该自己去打一头小狼，找它的髀骨给你孩子戴上。

你试过吗？骨头能治病？龙虾问。

我的话你只管听，没有根据的话我不会说。舒莱姆回答。

肉和面都吃完了。他靠在墙上，两只大手摩挲着身边靠垫上的纹饰。

有年连队到靶场考核，上去两个班都打得很差，连长觉得怪事，就叫连队枪法最好的战士去打，还是有两发弹偏靶了。舒莱姆一直在旁边看，过了会把排长叫过去，让他带人去靶子旁边的那条沟里前后看看。排长带了两个战士跑过去，看到离靶场一二百米的地方有一个男人和一个女人在动。排长叫战士先回去，他过去把人撵走了。以后连队再出来打靶都先清沟。还有一次，连队抽水泵上一根螺丝钉松了，怎么都拧不紧。舒莱姆拿起子试了几下，就叫他抓只小公鸡过来。舒莱姆用小刀割开公鸡的喉咙，放出来的血滴在螺丝钉上。过会他再拿过起子，几下就拧紧了。舒莱姆送他狼牙的时候说过，苏约克这一带是古战场，放牧转场的时候，经过山中几道沟里都能看到被狗刨出来的白骨。

小娃娃不是老人，不应该有病。舒莱姆说。

是啊。他说。不应该。

现在正是小狼下生的时候。舒莱姆说。

不行。龙虾说。过去就会留下衣服的气味。去年老巴掏狼窝，狼就从一大堆羊里头找，把老巴家的羊全咬死了。

下雪时去，脚印和气味一场雪就盖住了。舒莱姆说。我给老巴教了，他不听。

那我去搞，一只卖给你多少钱？龙虾说。

要我去掏小狼崽，少一只狼吃你们家的羊吧？他笑着反问舒莱姆。

是不是，舒莱姆。他说。没好处的话你不会说。

你的脚是谁治好的。舒莱姆说。那年你巡逻踩到冰窝子,脚拔出来了鞋子没出来,一瘸一拐走了两公里,给连长留在我家。是我宰了一只最漂亮的羊娃子,放出来羊血让你泡脚,不然冻烂的地方以后你年年要犯。

是你治好的。他说。可是你这几年的胶鞋、防寒靴穿的谁的你咋不说?

你也相信这个狼牙跟狼髀石吗?龙虾扭过头问穆哈吉尔。

这些都是我的爸爸,爸爸的爸爸说过的话。穆哈吉尔瞪着眼睛说。

就算是真的。他说。狼那个东西不能结仇,这个事不行。

早几年玉其塔什那个事差点就没过去。他说。

舒莱姆闷了口茶。穆哈吉尔也不吭气了。

那年他在玉其塔什刚套一期,连长原先是组干股的一个干事,也刚上任。连长到连队不久,和当地老乡来往热络。指导员是个埋头干不爱说话的人,有老士官旁敲侧击地说连长在工作里夹带私货,指导员也只是听,不发表看法。有天下午,连长从老乡家抱回来一只死了的小狼崽。连长把小狼扔在马厩旁边的铁笼子里,嘱咐他晚上过来把这个小狼的狼牙和髌骨取出来。

那天夜里，全连组织在二楼学习，突然听到哨兵冲进楼里的喊声。

是狼来了。

指导员把哨兵揪过来，问怎么发现有狼的。哨兵说刚才听到马厩里有马受惊的声音，走过去时看到围墙上飘着两只巨大的萤火虫。

那时都住老营房，一楼没有大门。指导员让他们分散到二楼各个宿舍锁上门，自己和连长带着两个枪法好的去了枪械室。他回屋锁上门，把小桌子也顶到门上。

他跑到窗前，一眼就看到那匹母狼。它站在楼前空地上，抬颈发出一声迟缓而起伏的啸声。那是一种不现实的声音。叫声中包含的讯息绝不仅仅是对幼崽的呼唤。停声后，整座营房毫无响动，围墙后的军犬和十几条土狗也悄无声息。夜暗拢聚在有限的四五盏路灯之上。

就在整个玉其塔什死寂之时，他看到吉尔吉斯斯坦在会晤时送给连队的一条当地犬突然从暗处冲上了空地。那条吉尔吉斯的狗嘴又短又方、身形高大，近两年得了血栓，总是摇头晃脑。走路、吃东西、睡觉，脑袋都摇得停不下来。

他们以前叫它狮子，后来管它叫摇摆。

狮子冲向那匹狼时，那匹狼正失明一般地站在原地，只在狮子扑上去的那一刻，它才弯背跃起，想一口咬住狮子的喉管，被狮子坚硬的爪子挡住。但狮子还是受到猛烈撞击摔在地上，发出刺耳的尖叫。与此同时，那匹狼全身的肌肉鼓胀，在下颚前伸的一瞬间，像倾翻的铁水浇向狮子。几分钟后，狮子石块般的脑袋砸到地上停止了晃动，身体抽搐不止，而那匹狼的前肢和前胸沾满血，尾巴像铁棒向下斜插，紧接着放慢了速度却毫不迟疑地再度跃起，就在它的爪子要穿透狮子肋骨的一刹那，狮子翻过身去，用前爪划开那匹狼肚腹的同时脖颈被狼牙穿透。

狮子躺在灯光下。那匹狼注视片刻才绕过狮子，迈出步子向楼里走来。脚掌踏着血液，肚子下垂。它进楼后不久，整栋楼的人都听见撞击造成的闷响。起初是一声，接着两声，随后撞击伴随玻璃碎裂的响声愈发密集，像他某次巡逻，听见风化的角岩塌落空谷。

撞击声停止十几分钟后，有人带枪开门出去看。一楼门前墙上的军容镜碎裂在地，残留的镜片和墙壁上沾满血渍。那匹狼倒毙在镜前。它以为镜中还有一头狼想要它的命。

第二天清晨,指导员带着他和另外三个班长开车往边境铁丝网的方向走。到了铁丝网跟前,他们拿上镐头跳下车,挖了两个深坑。

雪被大风吹得失去了黏性,沙土似的迸发洒落,发出籔籔声响。山谷里,扎堆的十几间土房子像草棵里褐色的冰块等着消融。空中,熟悉归家之路的受了潮的燕子,从远处返回陡峭的斜坡。

当看到土屋里渗透出的光亮,他收回目光,和龙虾一起继续挥动镐头和铁铲。狮子是他埋的,他在那堆土块上拿些石头垒了一座三角形的小塔,而旁边埋两匹狼的地方,这会仅存凹陷的坑洞。狼的尸体就像它们的粪便难以寻见,不管埋在哪,狼群都会找到,刨出来带走。

龙虾挖到了狮子的骨骸。

他探下身,拿起一块细长的石头在泥土里拨弄。

狗的髀骨能管用吗?龙虾扔了镐头问他。

这是狮子。他说。

连队里有些土狗会因为人的靠近而凑上前吠叫,用嘴去蹭拿着半块馒头一个鸡蛋的人，狮子从不这么做。它只在哨楼旁吃值班员送过去的餐食。他看它有时啃咬野草，细得几乎尝不出味道的草茎。有年八一节，连队和牧民摔跤比赛，眼看他被一个老乡摔倒，狮子从后面匍匐过来，偷袭了这个老乡。听说几天后老乡在连队门外路边放了一块有毒的肉等狮子来吃，它没近前。

狮子比那头狼晚好几个小时断气。他们把狮子抬进一楼避风的地方，它舔了舔端到脸前的火腿。它还想找回点力气，好活着回味刚才那一幕。

下山那天，山脉之间的巨型峭岩已被雪封裹。路上的积雪随风翻飞，将窄小的河流填得快跟河岸一样平。影影绰绰的即将隐没的太阳，像一颗果冻落入炉灰。

他骑着一匹老乡家的马，抄近路翻过达坂。那座山被风化了，土松，平时上一步滑下来半步。现在盖上雪，反而好走不少。雪碴子飘落下来，微微发亮地在空中颤动。他盯着那些闪光银屑。要是山顶的一角雪塌下来，就会像运砂船卸沙子似的泻下来把他活埋。那他只能连人带着马倒下，在雪窟窿里又挖又刨，扒出一条堑壕。如果他还有意识的话。他前倾趴在马上，抓紧马鞍，不时勒动缰绳避开某处塌陷发灰的积雪。

出山坳刚拐上往艾尔热曼乡走的路，他就听见在白茫茫的寂静里，有一种轻微的、奇异的声响。一开始他以为是马蹄踩破了冰，继而心里又产生了恐惧的念头，会不会有狼跟在后面？他在阴沉沉的天光下扭过头看了一眼，发现不远处有一个灰点，正在雪堆上弹跳。那个灰点的体积，让他胆子稍大了些。等那个小东西一蹦一跳地近前了，他心里颤动了一下。那是连队养的一只叫费丽尔的小哈巴狗。

他爬下马，从雪堆里抱起费丽尔。费丽尔扁平内陷的脸上和全身结满冰霜，只有一双小黑眼睛闪耀出亲昵和信任的目光。它从连队跟出来这么长时间，竟然走到伊阿梁村时他才发现。费丽尔在马鞍上缩成一团，耳朵在一阵阵袭来的风中哆嗦着。刚才几个小时的雪路让它筋疲力尽，出汗的毛发结冰后封存了体内的热气，以它目前的体力，融化板结的皮毛已经不可能。

走到舒莱姆家时，费丽尔的眼睛已睁不开了。

他把费丽尔抱到舒莱姆家的炉子旁边放下。舒莱姆的妻子走过去蹲下碰了碰费丽尔的鼻头。

去年费丽尔怀着孕跟他们进山巡逻。帮老乡搭马草棚时，一个士官扛了根木头，突然一个转身把他打晕了。是费丽尔整夜趴在一旁舔他的鼻子和面颊。一下山，费丽尔一口气生了十一只小崽，他掏出一床自己的褥子给小崽子们垫窝，被龙虾他们称作英雄父亲。

英雄父亲。那时他根本不知道丫头的病需要手术。

他没有太多时间停留。他让这个胖乎乎的妇人转告舒莱姆，抽时间把费丽尔就近埋掉，但埋它的地方要做上记号，不要忘了。

离开舒莱姆家时，雪落得更密了。他想到等龙虾这一批复员的战士下山时，乡里的推雪车就该开上来了。他下山之前，龙虾他们已经在收拾行囊。平日里跟龙虾关系好的几个大头兵，那几天老缠着龙虾叽歪。

走。龙虾说。哥带你们干大事去。

干啥去？有人问。

去小店买辣条。龙虾说。昨天去了趟小店感觉啥都想买，要是钱再多点哥能给它包下来。

过会龙虾他们回来，兜里揣得鼓鼓囊囊跑去地下室了。

他过去的时候，他们正在传一瓶饮料，一人一口，手里拿着老婆饼、鸡爪子。

班长，你回去干吗？有人问龙虾。

回去捡蚊子屎卖。龙虾说。

他摸出一包烟散给他们。

当新兵太馋烟了。龙虾说。烟给没收以后，老低着头看地上有没有长一点的烟把子，妈的腔沟子快夹着头了。

屁。他说。就你没少捡。

捡个毛。龙虾伸长脖子喊。你抽完了烟都往缸子里头泼水、吐痰，日吧歉得很。

龙虾跳起来模仿他带兵时说话的语气。想抽烟？走……来！带你俩去厕所开个包间抽啊。

一辆车从他身旁慢速驶过，车后头放着两只羊，几根交叠的细腿从后箱盖下头硬邦邦地撅出来。车灯像飘忽的蜃气远去，他的马还在迟缓而有力地迈动前蹄。

坐在手术室门前的下午，他的妻子和娘家人三五结伴，站在楼道拐角低声交谈。他卖掉了县上那套房子，送父母回到乡下老屋。父母把攒着应急看病的钱取出来给了他。

医院的气味叫他想起三十岁生日那天，一瘸一拐去十二医院皮肤科看病。大夫说他脚上长了一个鸡眼，让他去隔壁诊室用激光烧掉。那是他第一次见到妻子，戴口罩的妻子。他们在一股肉糊味中交谈。当第三次去找妻子烧鸡眼时，他还记得她揭掉纱布，看见他伤口时的神情。她向科室请了假，陪他去总医院看诊。大夫对她说，你老公这不是鸡眼，是掌跖疣和烧伤，要冷冻治疗。

在办理孩子入院手续那天，连队来电话，说龙虾在几个赌博的地方分别欠了债。龙虾以为复员费足够还账，还能剩下一点回去对付家里，但对方记账的方式和龙虾想得不同，债越滚越多，龙虾把复员费全还上还差对方三万块钱。龙虾在艾尔热曼乡招待所里喝了几口农药，跑去卫生所吐了一夜。他二姐从老家赶来，清了账，把他接走了。

之前龙虾向他发誓，再赌球就不得好死。微信签名也从"晴天崴脚 雨天跛行"改成了"再赌球就剁手剁脚"，怎么还是出事了？他不知道文书来电话除了问询情况有没有怪罪他的意思，连队主管是不是认为他失职了。仅就作为朋友来说，他也感到难过和自责。

在这通电话之前,他还很反感龙虾频繁提到钱和女人。直到听说喝了药,才明白这两件事对龙虾来说,就像这场手术对他和妻子而言一样。他怪自己只想孩子的事,忽略了对龙虾近期动向的观察。难道龙虾没有三天两头地和他哗哗,自己想尽快多弄些钱回家讨个老婆?

龙虾常对他发牢骚,他们县在九〇到九八年那会,老有人家生了女孩不是卖掉就是扔到公厕茅房的粪池子里。结果现在村县里的男人娶不到媳妇,媒人一进家门先问,你家房子是分期还是咋买的?嫁过来一起还房贷还是男方父母帮着还?在当地,两套房是父母必须给男孩准备的,好比义务兵必须当两年一样。

龙虾的叔叔从越南买了一个老婆回来,劝龙虾复员了也买一个。龙虾说跑了怎么办,叔叔说,中介公司可以退钱,要不再送一个过来。龙虾说那感情不和呢?叔叔说,一年之内免费换一次。龙虾在微信里试探和他谈恋爱的女孩,愿不愿意结婚,女孩回复他:是舞不好跳吗?游戏不好玩吗?酒不好喝吗?他劝龙虾和这个女孩分开,龙虾苦恼地摇头。告诉他,自己已经给这个女孩花了很多钱,羽绒服、手机、钻戒……和赌博一样,投入越多,越期待再投上一点就能回本。

龙虾刚下连队不久的某天，山口里刮大风。连队楼前空地上的工梯、篮球架都被刮跑了。连队门口有一棵矮小的松树，是他们巡逻路上捡回来栽上的，也被风刮跑了。龙虾一个人跑出去撵了三公里，才把树拖回来。

你撵回来栽上也活不了。他说。

就算今天栽了明天就死，还是想撵回来。龙虾说。指导员不说了，谁在苏约克种活一棵树，就给立个三等功，立了功我好讨老婆。

龙虾从山下带了营养液上山，在他的指点下给那棵松树缠上输液器，按天为它打点滴。龙虾在松树旁又挖了个树坑，等哪天巡逻再碰到一棵树带回来栽上。过了些天，树坑里面存了点雨水。那天他和龙虾从山里的训练场回来，俩人脱了鞋袜，脚往坑里一伸，和那天晚上把脚泡在羊血里一样舒服。

舒莱姆讲过一个克族人都知道的笑话。说以前老鹰很怕猫头鹰，就讨好地问猫头鹰，猫头鹰大哥，您这么魁梧的身材是怎么练的？猫头鹰说，我不是壮，是毛多。老鹰不信，从天上俯冲下来抓了一把猫头鹰，发现确实毛茸茸的。以后老鹰再见到猫头鹰，就直接把它吃掉了。

他站起身,看着手术室前的人来回走动时想,要是也给那个猫头鹰一块狮子的髀骨,会不会结局不同。

他预备上山的那天是小年,团里的送菜保障车也在那天下午上山,给连队送元宵节前的最后一次补给物资。

他帮司机给车胎安上防滑链,跟车上了山。他估摸连队接菜的人这时也出发了,只有这时出发才能赶在夜里十点左右回去。快过年了,也讲个十全十美。乡里推开的路只到离连队七八公里的地方,大车把菜卸在老乡转场走了没人住的房子里就要下山。他从车上往下搬罐头箱时,连队的人也牵着马到了。在其中一匹马的背上,他看见了费丽尔。

有人告诉他,他把费丽尔放在舒莱姆家的火炉边走了以后,舒莱姆的婆子就去外面做酸奶。回屋时,发现费丽尔不见了。舒莱姆第二天给连队打电话,说费丽尔可能被什么东西进来叼走了,连长这才告诉他费丽尔已经回到连队。

他走过去摸了摸费丽尔,感觉它比那天他从雪里抱起来时看着要大,也要沉一些。

几个年纪轻的兵嚷着这一趟过来给走饿了,从尼龙袋里摸出一个西红柿就啃。西红柿纹丝不动，皮上留下两个白印。他们又拆开奶箱子要喝包牛奶，掏出来一看已冻成了冰。老班长们笑起来，说这个事早就上过新闻。边防连队的牛奶不是喝的，是撕开塑料袋当冰棍舔的，蒙牛看到报道还派人送来十几箱酸奶慰问连队。有个兵撕开一包牛奶嚼着吃起来，其他几个人也一人一包拿着用牙咬。他有点渴，但不敢吃。上山之前刚找海比尔的爸爸给他清了后牙槽上的肿包，上了消炎药。

他们先挑容易被冻裂的菜，像鸡蛋、咸菜罐头之类的往背囊里装。装满了就用背包绳捆起来绑在马背上。连队的十三匹马都牵出来了，要给它们装二十几个背囊，每回马都不想驮，来回打转。

他那匹马兜了两圈，不肯让他放物资，他扛起背囊往马背上放了两回都不行。他放下背囊，上前去抱住马脑袋想稳住它，结果一使手劲把马放翻了。马倒在雪里甩着蹄子发出嘶鸣，他趔趄上前，就着旁人搭了把手把马拽起来。马刚站稳，他就把背囊压上马背。正在用铁丝扎紧时，这匹马打了个响鼻，往站在前面的一匹马的屁股上喷了一股热气，惊得前面的马一下尥起蹶子，猛地来个后踢把它又踹倒在雪里。背囊从马背上滑下来。他有点担心给舒莱姆和穆哈吉尔带的两套气压拔罐器摔坏逑了。

苏约克这个地方,冬天上午一丝风都没有,到了下午就狂风暴雪。连队的推雪车在前面推,铲斗车在后面铲,刚整完的路十分钟后扭头一看路又刮没了。从老乡的房子出发时,他还骑在马上,走了近四公里,马累得一下跪倒在雪里。他的脚刚离开马镫,整条腿就掉进雪里。雪把他的裤裆卡住了,脚底下没根使不上劲。但这回和舒莱姆笑话他的那次巡逻不同。现在他知道不能着急扒拉,要是把四周的雪摁紧了,又没人给他架出来,那一拔脚,鞋子就又进去了。整个胳膊伸进去还够不着,得半个人钻进雪里去掏鞋子。这会他弯下腰,把上身放在旁边一块夯实点的雪堆上,重心前倾,游泳似的慢慢把腿拉了出来。

最后不到一公里的地方,大伙都下了马。卸掉了一个人的重量,又看到连队的灯光,十几匹马都跑了起来。马蹄扬起雪尘,像小木船闯入一排摇曳的巨浪。

他们进连队时,连长迎上来拍拍他,问他家里的情况。

好着呢。他告诉连长。

他还想给连长说,他找了开矿泉水厂的浙江老哥。老哥在阿图什市里联系了一家物流公司让龙虾先送着件，等水厂建起来，叫龙虾上山负责取水管道的维护。坐火车来的路上，他刷到龙虾新发了一条朋友圈——最近情绪不好老是跟我家小仙女吵架，态度不好，最严重的是情绪化删除了她，她现在不肯原谅我也不肯再加我，我深刻认识到自己的错误了，希望朋友们能帮帮我，帮我点99个赞让她看见，让我家小仙女原谅我，99个赞，谢谢大家了，我一定会改掉自己的暴躁脾气，请大家监督。底下有几个连队很贴着龙虾的义务兵点赞。还有他的妻子，给龙虾点了赞，连发三朵玫瑰花的表情。妻子和龙虾看起来状态可以。起码外人会这么想。

这时一个人在前头大声叫起来。这个小伙子把两箱鸡蛋用背包绳捆好放在马背上，走了一路箱子湿了，底座的垫子掉了他也不知道，刚刚才发现鸡蛋都漏光了，剩两只空箱子。

几个人跟着连长跑进楼里，过会拿着笤帚、扫把又冲进了雪夜。他跟在费丽尔后面，第一个捡到鸡蛋。那个鸡蛋摔破了，蛋清和雪冻在一起，拿在手里像个馒头。乖乖。他心想。世界上还有苏约克这个地方。

第二天一早,舒莱姆和穆哈吉尔骑马来连队,交给炊事班长两个大口袋,一个装取暖烧的木炭,另一个装米面和青菜。

他摘了围裙,脱下橡胶袖套从后厨走进前厅,跟舒莱姆和穆哈吉尔打招呼。

昨晚上驮菜的时候想起来个事。他说着冲舒莱姆走过去。

啥事?舒莱姆问。

上回你骑小电驴摔了,他说,胳膊上那么深这么长的一道口子,是谁给你缝上的?

你咋样缝的?舒莱姆说,在一块猪皮上练了三次就过来给我整。

你咋知道我拿猪皮练的?他问。

舒莱姆笑起来,走上前揽过他的肩膀。

我什么都知道。舒莱姆说。昨晚上你想我呢,我们也想你。

舒莱姆和穆哈吉尔昨夜进山寻马时发现一处狼窝,里面有三只新下生的小狼崽。穆哈吉尔想掏一只带走,舒莱姆不同意。离开时,俩人合力推过来一块石头把洞口堵上了。

给你留着。舒莱姆对他说。

你不知道,他说,有比那个东西更厉害的。

清水落大雨

王占黑

王占黑 写作者，住在上海，已出版《小花旦》《空响炮》等。

一

李清水的妈讲，小姑娘家，年初一不作兴喝汤的，喝了汤，出嫁那天就要落雨。

李清水一个耳朵进，一个耳朵出，只管站起来伸出自己这把小调羹，舀上扑扑满一碗，晃荡着端到齐平下巴的位置，咕咚，咕咚。两只乌眼珠一歇对着碗里，一歇朝饭桌上的人瞄来瞄去，像在进行某种表演。众人大笑，小姑娘大起来真当不得了呀。

清水妈只好修补面孔，臭姑娘！叫伊往东，偏要往西，不听劝么，下趟自家吃——

亏字还没出口，李清水放下空碗，啪一记倒扣在桌上，油腻腻的嘴角噘得老高。众人又笑起来，那动静把清水妈的半截子话都淹没了，留下李清水叉着腰，一脸打胜仗将军的神气。

这些年，李清水闷头朝西走了多少路，她自己也算不清了。只晓得当初妈讲，顶好是学点会计啊，文秘啊，毕业好找生活，她选了画画的行当。妈讲，回来考公务员蛮好，稳定，她留在大城市给小公司打工。过几年，妈讲，熟人介绍靠得住，她偏一个都瞧不上，到头来直接带了毛脚上门，一问，家里没房，来年的酒席却已订下，僵着面孔，毫无商量的余地。两人交替用洗手间的时候，清水妈问，你看上伊点啥。清水不响。清水妈咬着牙讲，我拿你养大，是用来气死自家的，对吗。清水不答，她只想尽快结束会面。

岁数大上去，两把干柴越烧越凶，时常不见面，隔着屏幕也是星火迸裂。婚前数月，姆妈万事过问，清水不依不饶，正是一人想搬来同住，一人执意不肯的焦灼关头，清水妈却忽然查出了女人的那种毛病，晚了。不到半年，撒手走了。临了留下有气无力的一句，姆妈不会再拦你了，往后做事体，勠莽，自家要想想好。她的眼睛瞥向张生。李清水后来才明白，妈是早早看穿了这桩心急的婚事里尚未显露出的马脚——她逐渐感受到一二，而妈的话给了她一种郑重的确认，这是人生中第一个与母亲达成共识的时刻，来不及有下一次了。那时清水妈抱着一点残存的希望握住张生的手，小张啊，下趟清清全靠你了，晓得吗。病房的地砖上弹跳着对方所应下的几个冷冷的嗯，像杯口洒落的水珠，转瞬即逝。

当天李清水顾不上张生，她分明感到病床前只有自己和姆妈两个人，这种与敌人相依为命的孤独感上一次强烈地出现，还是在老李离家的时候。二〇〇八年，清水妈躺在混乱不堪的床上冲客厅大喊，有本事真走呀！本是句留人的话，却成了老李全身而退的机会。李清水想，老李受够了，由他走吧，那时她心里还保有一丝对妈的嘲讽，轻轻一声，活该，并窃想着她未来漫长而煎熬的独身生活，随即意识到自己还在这个家时，这种孤独就迅速蔓延到身上来了。她冷静下来，为身处战斗和共存两个状态中的自己立下了终极目标，做第二个出逃的人。谁想出逃并不能终止战斗，战斗倒被突降的外物瓦解了——怎么就因为感冒而做了体检呢，怎么会查出来已经没得治了呢。这个活该的人是遭了谁下的巫蛊，谁埋的地雷，叫她的后半程如此之短。妈活不下去了，孤独只好成倍地压在幸存者的身上，李清水那条长途跋涉了许久的赌气之路，就此稀里糊涂走到了头。

她成了家里最后一个人。

到头了，并没轻松起来。这种奇怪的不适如同煤气泄漏，在姆妈走后渐渐挥发，四散，浸润着李清水无数个清醒的时刻，上班，吃饭，坐地铁，筹备被丧事推迟的婚礼，以及她并未料到的——漫长的婚后，甚至是来自双人床的睡梦中。李清水愈发心慌，明明脱了缰，双脚怎么前所未有地踌躇了。原来当冒险者历经磨难，一路向北走到极点时，放眼望去，到处都是南，反而不会走了，只好呆呆地站着，脑中空空一片，偶尔浮现出过往路上的风雷乌云。

三十而立，李清水现在觉得，这话说的是即将三十岁的自己立在北极点上，四下空阔，再也找不着北了。

还要加个状语，孤零零地。她越发感到一个事实，张生从不同她站在一起。尽管每天在一张桌前吃饭，盖一床棉被睡觉，周末各据着沙发的一头加班、看球或连续剧。可李清水明白得很，一站起来，她和张生就是毫无关联的两个人。

二

李清水认定她所身处的这座城市的气候，是自己这趟婚姻的绝好隐喻：冬季湿冷，夏季湿热，全不是空调可以控制的，而春秋细雨淅沥，乍冷乍暖，一年到头，人的身上总是黏黏腻腻，骨头隐约发酸，有种难以言说的不痛快，却又无法逃脱出去——毕竟这算不上空气污染，只是一种令人主动蜷缩的窒息感。

李清水在上一个广告公司上班的时候，项目组曾为了争取一个家居品牌开创意会。甲方要求把产品的耐用同家庭生活联系起来，大意是"尽管磕磕绊绊，也能长长久久"。讨论到画面切入点，有人说不如用小孩玩的七巧板，即便散了，也能用原有的几块拼出新的可能。有人说不如用风雨过后是天晴的意象，把人的处境和自然环境连在一起。身为后备专员的李清水被一同拉入会场，听到此处，噗嗤笑了，心想晴了没几天，不又是长久的雨水，何苦因果倒置、自我安慰。老板注意到了，有想法就谈一下，他说。

无奈之下，李清水讲，索性做成上海的天气，衣服晾干了放回去，隔几天穿还是潮的，夏天晒好，放一季，又出霉点了，这也算长长久久、磕磕绊绊吧？她这么说的时候，脸上竟暴露出无法自控的冷笑，公然唱反调，同事们吓了一大跳。

不是吗，你们没在上海住过吗？这几天阳台上没挂满，还是家里都不换洗衣服的？李清水喝醉了似的，拎起喉咙连声追问，等清醒过来，她已经被调出这个组了。老板说，成员的价值取向不能和品牌相悖甚远。

有同期私下为李清水鸣不平，这年头谁还没在地铁站外淋过雨、湿过鞋，犯得着装出一副热爱生活的样子吗。李清水不接话。她心里知道，自己是在和张生的冷战中突然爆发了，只是不巧闷头走错了战场，把工作搅黄了。

干脆辞职吧。自从搬进新买的婚房，每天通勤两个多钟头也是煎熬。尤其春夏之交，闷热难耐，等人折腾到公司，脸上浮了粉，裤腿沾了泥水，再好的鞋履也会因为泡水而渐渐毁坏，何苦。

离任前几天恰逢李清水的二十九岁生日，几个要好的同期在休息室为她办了一个极小的庆祝会。将过未过三十的女人们戴着不合尺寸的生日帽，关了灯，围着她唱了歌，等她许愿。

算了吧，没什么愿望。

说一个！必须说一个！

李清水一本正经，希望今年上海的降雨量能有所减少。

同期笑话她。这是你该关心的事吗，你怎么不再关心一下全球变暖和叙利亚难民的饮食问题呢！

另一位关切道，清水怕是着魔了吧，跟人抬杠抬出瘾了？

李清水说，黄梅天最难熬，我好不了。心里想的却是张生那张不太有表情的脸，如同暗红色的傍晚，宁愿长久压抑着，也不肯落一场爽快的大雨来。

要不你改个名？水太旺了也不好啊！

我也想啊，这么古怪的名字，还不是我妈起的。

姆妈叫学琴，取谐音清字，算命师又说缺大水，直接补了水字。李清水不喜欢，她甚至为自己起过一个网名，叫李焱，她想推掉这片水。

众人听到这里，纷纷闭嘴。

最后一位站出来说服李清水的，是个西北姑娘，她的理由是，世界上哪个大城市不是水汽沛的地方，你说伦敦，巴黎，纽约，东京，哪个不是像上海这样多雨的，还更冷，更迷雾重重呢。就得有这种冷静的天气,才能住下冷静的人，生产出理性文明啊。要想干燥，你倒是和三毛一样退回沙漠里去呀。她的嘴巴十分利索。

李清水无话可说，她去不了沙漠，也离不开这里。妈没了，唯一的家就在这里，自己不能再出逃第二次了，人的气力是有限的。坐在窗边听外面滴滴答答的檐头水，再没骨气也总是安全的。

那天晚上，几个人喝着酒在下班后的公司里大声聊八卦，骂人事，骂老板，气势渐渐超过了先前会上的李清水，撒泼，痴笑，也相互奚落，疯狂发泄一番。反倒是李清水平心静气，一口一口酌着独酒。她是想到别处去了，如果姆妈晓得自己辞去了当年不肯回家、非要留下来做的生活，会有什么样的反应？

做事体有头无尾，讲的就是你这种人！从前李清水在阳台上收衣服，收到一半跑去看电视，回转忘了原先遗落的一两件，总会被妈这样骂。

这样的话李清长远没听了，竟觉得耳朵里有虫钻来钻去，要人敲打几下。一番回想，她发觉上大学之后，姆妈的敲打就力不从心了。心理老师再三提示过，亲子关系在二十五岁以后，天平两端会发生力量的扭转，那时他对李清水说，不要怕，你的话语将越来越重。可他忘了说，这并非一个循序渐进的过程。噗通一声，另一端空了，李清水屁股连着坐板重重地砸回地面，又麻又痛，难以起跳。

地上的李清水即便入梦，也不曾见妈对她生气。她想妈弥留之际的话，怕是意味着真的甩手不管了。可她又想当面问问，你看我现在这副样子，还叫我有始有终吗。毕竟妈没能以身作则。李清水至今不能确认，究竟是老李还是姆妈自己，摧毁了他们所运行的长达二十年的固定轨道。而她的身体，又是不是这次裂变所摧毁的。

三

有时碰上连续一周的大晴天，李清水会兴奋起来，给自己布置很多任务，比如拖地、擦马桶，比如按顺序把整个橱柜搬出来晒一遍。三五根竹竿并排架起，厚被子像烧烤一样挂在五楼之外的天空。过季的衣物平摊在桌椅和洗衣机面上，空调架、花架以及所有能接收到阳光的地板都堆着鞋，有时夹杂着毛巾和坐垫，花花绿绿，密密麻麻，整个阳台像在进行一场大甩卖，人走过去，迈不落脚。若是周末，李清水放弃出门，以便及时挪动，物尽其晒。工作日则有风险，一怕下雨，二怕顶楼浇花，要赶在对方行动前收进来。张生下班早，任务在身，但这一切总是让张生不解。

晒来干吗？放点除湿剂不就好了。

五楼哎，竹竿伸到老远，要吹下去了。

昨天不是晒过了吗，怎么还要晒？

两三点就落了一阵雨,总不好怪我哇?

张生总是很抗拒那几根悬在半空的竹竿,即便作为本地人,他也无法接纳这个危险的风俗。或者说,他坚持认为这种近乎杂技表演的高难度动作应该像过去的记忆一样,仅仅被保留在上一辈人手中。清水却对此接受得根深蒂固。衣物挂上去,不锈钢夹子夹好,甩起前半段,防止被窗台弄脏,屏一口气伸出去,像刺杀敌人那样戳破楼外的空气,一杆进洞,然后是整个白天的彩旗飘飘。

旧小区的房型各式各样,车厢式,分裂式,唯一的共同点是光与风的流通困难,稍有阴雨,室内就充满了浓密的水汽。就像人首要呼吸一样,居民只能先顾及衣服的干湿,无暇考虑旁的安全问题,事实上,李清水从没见过谁家不这么做,也没听说谁家的晾衣杆被风吹下去过——姆妈和她的邻居,每位当家人都练就了一身基本功,他们必须向外争取一寸,扩张一寸,才能克服狭窄生活的难题。这些她见过,也协助姆妈做过,只是没想到自己成家后,仍旧困居于这种老旧的二手房。小时候的李清水并非没有幻想过身处一栋拔地而起的高楼,落地窗,电梯房,如今在老家并不昂贵。可是谁叫她要留在这座城市呢,初级玩家只配拥有初级装备。

所以当她责怪张生收得迟了或是有所遗漏,而张生万分不解的时候,李清水总以这么一句来结束争辩:有钱就买新小区,谁家都不准晾出去!噼啪放话,张生不响,即便是这套两室一厅的小房子,也让两人背负着十多年直不起腰的贷款。

他只好轻轻回,同你妈一样凶。

这是让李清水永远无法接住的一句话。愤怒还是羞愧,全部默默咽下,她知道他说得没错。这些年来,清水愈发觉得妈在她身上种植了自己的毛孔,那种尖刺的嗓音,易燃的脾气,叫她无处可躲,眼看着它们从她身体里喷薄出来,烫伤别人,包括活着的清水妈。妈走后,李清水甚至认定,她就住在她身上,她让她无法自控地做出一些事情,产生一些想法,比如下雨天关节的酸痛,第二天有事前一夜必会焦虑到失眠,为不值一提的人情小事而担心,难以作出选择却懊悔自己的每一次选择,以及对太阳光近乎疯狂的执念。李清水从小看在眼里并深深厌弃的东西,清水妈像报复似的,全部教给她了。

清水妈还在厂里上班的时候,下午常常偷溜回家收被子。阳台上一摊,白场上另有一摊,那是早起扛着棉被抢占来的宝地。她抱着那摊，像一团棉被长了脚缓缓挪过来，走到房间，叫父女俩让一让，让一让，那声音本是愤怒的，却因为隔着被子而削弱不少。等被子往床上一扔，声音就响起来了，叫你让开没听见啊！李清水在一团突降的热气和惊雷中窒息，无法回嘴。有时天阴沉沉的，稍微出一会儿太阳，妈就动身忙碌了。一小时也好，半小时也好，绝不放过。可三伏天里，上午晒得畅快，中饭后必有一场大雨，若没及时收进，妈就要发大脾气，并波及疏于搭手的父女。要你们有啥用，一点忙帮不上！

等气消了，她又投入惊险刺激的新一轮。

一年里，大太阳毕竟是少数，家中逼仄，前后不通风，再怎么晒，常常到拿出来用的时候，发现鞋子又长霉点了，衣服蛀了，被子湿沉沉。这个家和那个家，隔了几十年，竟逃不出同一片乌云的追杀，黏腻的空气始终缠着李清水不放。于是只好和从前一样，五六月准备好几包樟脑丸、除湿剂，煎熬梅雨；七八月准备好雨鞋雨伞，等待名字像译制片角色一样古怪的台风降临；入了冬，还有冰冷冰冷的雨穿过三四层厚厚的衣服钻进人的皮肤，人的骨骼，而人别无他法，醒着的时候忍耐，躺下的时候，钻进比衣服更潮湿的棉被里继续忍耐。于是李清水在尚未察觉的时候，早已做起了姆妈做过的事情，养成了对阴天的绝对怀疑。

张生讲，差不多干了就收吧，阳台上挂不下了。

不行啊，还没晒过太阳。

已经干了呀。

干得不彻底，总要吹吹风，杀杀菌。

李清水自己都有些惊到，没道理的话，是怎么讲出口的？但又不是全无道理。她被混乱的想法捆绑着，像个无法暂停的机器，全力进行着令她焦虑和疲累的动作。张生说，不如买个烘干机吧。可是旧洗衣机还能用，换了可惜。研究了半天，又发现五十平的家里根本放不下，只好作罢。

雨水太多了。李清水试图理清楚，是心理作用吗，可她又分明感到阴雨天一来，身上简直像被涂了一层蜡，裹了一张保鲜膜，封闭极了，难以呼吸。而自己和张生的关系，忽好忽坏，同阳台上挂满了的衣服一样，等不来几次露天的暴晒，只能靠漫长的日夜来熨干。过几天，摸上去好像是干了，收下来穿上身，总沾了水似的，冰冷彻骨。

结婚两年，但凡跌入关系的低谷，李清水就想起姆妈在饭桌上说过的话，她忍不住打起寒战。她没想到，这雨不仅落到了出嫁那一天,还落满了她此后漫长的婚姻生活。

四

出嫁那天是九月。

李清水从小就很在意生活中的突发状况:下午和同学出去玩,走到一半下大雨了。没想到期末大考连着三天的雨!!!天气不错,心情真好!打雷了,和室友滞留机场,晚了一天才到她的云南老家。她的日记像一本气象总结手册。

一年三百六十五天,哪天不下雨,气象台只能提前两周判断,再早怎么说得准呢。要立于某月某日,为遥远的另一个月选择一天实在太困难了,她害怕作出令自己后悔的选择。李清水不要什么良辰吉日,如果有人真能算命的话,她只希望对方能告知,哪天天气好,起码让她的新娘妆不花,婚纱裙边不溅满泥水——那时候,她的这种强烈的念头只不过是出于从小对下雨的厌恶,直到结婚前,她还不曾想起某个年初一妈在餐桌上说过的话。

不下雨就是最好的良辰吉日,她想。

于是李清水挑了九月中上旬,一个秋高气爽的时节。没有午后雷雨,也不潮湿,春夏的尘埃都被凉风吹走了,空气中散着坦荡的味道,每条街道都生着一副开学初的面孔,意气风发。无论是上海还是老家,这段时间都是一年中最适意的。

婚礼前一周,气象台突然发出了台风预警,今年的台风里,有一号腿脚慢,来晚了。气象小姐耐心地介绍,它的名字叫"西塔拉",取自一种古老的三角竖琴。听到琴字,李清水汗毛立起来了,仿佛一位长久不见的仇人正冲她狂奔而来。追踪了几天报道,这号台风来势不猛,清水稍微放心些。几个大晴天过去了,天气依旧无恙,气象小姐幽默地说,西塔拉的拖延症又犯了,预计最早明日在浙北沿岸登陆,上海将有短暂的雨水波及。而李清水的婚礼,正要在这两头奔跑。

化了妆,盘了头,婚纱红鞋一一备好,伴娘围着她的床站成一圈,老家的亲眷朋友在客厅聊天,老李和一众老烟枪在阳台自顾自抽烟,小胡,被妈称作胡狸精的仇家,则紧随一旁。小胡不敢同女性亲眷搭话,在这间房子里,她是罪人。但老李仍把她带了来,李清水没意见。她像从前那样,乖乖地喊一声阿姨。几位老太太斜着白眼说难听话,说着说着竟哭了,学琴真是没福气呀,女儿出嫁看不着,还要放妖怪到屋里来。她们出于对学琴的同情，表现出坚决不和老李说话的气魄。

张生的上海亲戚也来了几个，他们中的一些以为老李和小胡是新娘父母，简短问好之后，竟有人小声说了一句，同谁也不像啊。又有人夸亲家母年轻。李清水不做声，同她最像的那个人已经不在了。那个给她扁平面孔、扁平鼻头和扁平身材的女人，给了她所有不想要的烙印，然后自己走了。从前一家三口出门，大人总说，小姑娘长得真像学琴啊。李清水扭头不答，在她听来，这只是一种对她不好看的反复确认，惊叹中带着不经意的羞辱。这些烙印后来布满她的身体，她的每段神经，李清水唯一可以主动拒绝的，只剩这套房子，婚事办完，它就被挂上中介的名单。对逃离的最好实践，是毫无保留地摧毁起点。

天暗下来，大风起了，张生带着借来的车队准时到达。会说话的亲戚笑道，老天总算争气，毛毛雨，蛮凉快。李清水的眼睛望着张生和伴郎伴娘玩进门游戏，一颗心却系在窗外的梧桐上，装成一片树叶，随时等待着她不愿等来的部分，那无比熟悉的，轻轻的，沙沙的，随后是噼噼啪啪的，迅速密集的雨点子；小孩的呼声，闷闷的开伞声，路人逃离的步子，邻居扯着喉咙提醒收衣服，然后阳台上跃出清水妈紧急抢救的身影。她的耳朵就夹在隔壁阳台的衣架上，听妈收回晾衣杆，不锈钢砰砰砰地磕着窗台。姆妈手一撸，晒得僵硬的衣服像咸鱼干一样，隔空飞过去，堆砌在卧室的床上。等会妈就说，清清啊，衣裳折一下。

李清水就这样朦朦胧胧地穿好鞋，敬好茶，在众人的簇拥中坐上体面的轿车，开往一百多公里外的另一个家。窗外终于飘起一两点真实的小雨，车速加快，雨点斜打的痕迹越来越重，几乎要横着流了。等上了高速，雨竟大到雨刮器都刮不完了，李清水身旁的车窗，看上去像每周二下午电视里的雪花点子，大片大片的模糊，磨人耳朵的呲呲声，这些都在警告观众，别看了，什么都没有，李清水只好低头玩手机。没有什么照片可以发朋友圈，难道要告诉所有人，一个被认为命里缺水的人，在台风天结了婚吗？

李清水希望路能再长一些，车再堵一点，不要那么顺利就开到新家，她害怕了。新家不过是别人用剩的旧家，一到雨天，顶棚和雨的碰撞特别响，一颗颗水珠猛烈地砸在她心上，砰，砰，水滴石穿。

李清水有些生气，怎么老天这样待我。

老李发微信来，不要不开心，是姆妈激动得掉眼泪了。他就坐在后面的婚车上，好像生了一双透视眼，看清连张生都没留意到的，李清水的一脸绝望。

李清水正是在那时忽然想起了大年初一，她浑身发冷，感觉自己回去了，身体从车里飞出去，降落到大圆桌前，咕嘟咕嘟喝着汤，怎么喝不完，喝不完，她不敢放下碗，因为一落下，旁边就是姆妈生气但碍于众人面子无法发作的可怕神情。

我到底喝了多少汤水啊。她想不通。

掉这么凶的眼泪，估计是生气了。李清水回了一条给老李。

但她心里想的是，伊是故意要作弄我，淹死我。

同车的张生打开交通广播，雨这么大，原来台风在崇明登陆了，他和开车的朋友嘲笑气象台没把崇明当作上海的一部分，闹出错判的笑话来，路上并未和清水有什么交流。几个小时后，风小了，雨时有时无，喜宴上的来宾多少仍显出些路途的狼狈，大家擦干衣服，强撑着礼节性的微笑送上祝福和红包，李清水也保持着礼节性的欢迎，尽管她并不能控制自己的脑子四处游离，时而停在年初一的餐桌，时而在挂满衣服的阳台。在酒店二楼,清水感受不到外面的天气。听进来的小孩说,外面出了一道彩虹。等忙完出去看,什么都没有了,天是粉红色的,空气湿漉漉,和五六月没什么差别,好像多了一股白酒的香味,从喜宴散出来的。

水汽充足的地方所能有的最大福利,李清水在轮番上阵的人际敷衍中错过了。

夜里闹新房的动静很大,来客大多是张生的朋友,忙了一天,醉得明明白白。李清水分不清嬉笑喧闹,只听得哗哗的雨往窗户上泼,一脸盆,两脸盆,这种幻觉一直持续到夜深人静,客散了,西塔拉也离开了,窗外的杂音渐渐消停,张生爬到她身上的时候,她感到张生身上各处钻出汗来,头发上,手臂上,大腿上,每一个毛孔张开的地方,雨都一点一点落到她身上。张生渐渐摆正她的身体,掰开她的双臂,她发现了,自己是撑在竹竿上的衣服,挤不干的水滴滴答答从五楼渗开去,落进看不见的草丛。

五

和张生认识,是在毕业前的冬天。为了省钱旅行,李清水和室友打算考个导游证，报了班，湿漉漉的天闯进去，没有座位，只有末排高举着一双手。清水朝那儿走，顺势望见伞桶。等擦干头发和眼镜，才发现那是个陌生人，而前排的室友正回头沮丧地指着自己旁边，座位被抢了。陌生人挪了个位子，坐。李清水谢了他。她后来才知道，那天张生不过是刚好伸了一个懒腰。

　　李清水和室友轮着上课，她每次仍坐伞桶边。张生下班早，夹着罗森便当过来，公文包压住一个留给她的座位，有时也留下资料和网课的账号密码。但他不太说话，也不笑，李清水看不出那是冷漠还是紧张，只从桌上一丝不苟的文具排布，看出了一位普通财务人员的基本素养。课上李清水打过瞌睡，张生仍侧身背着她，朝外托腮，干瘦的寸头上生出一只招风耳，一动不动，猜不出是在听课还是冥想。很久以后，这个侧面给李清水蒙上一块固定的阴影，好像一回家，光线就被胶布贴住了一块，叫人永远看不清那里的表情。有时一起下课，九点半的地铁不算挤，两人坐下，或顺次抓着扶手，同车厢里任意两个陌生人一样，保持沉默，以及不近不远的距离。直到那天，李清水突然问了个关于地铁的问题，便一下旋开了张生身上的某个按钮，他的话像汽水泡沫一样滚出来了：七岁时上海建造的第一条地铁，世博会的新加线路，16、17号线的延伸走向，郊区还要向东京学习建一条外环线，也几乎把自己的成长说了一遍。他又谈到未来的旅行计划，尽是些怪名字的地方，哥斯达黎加，斐济，塞拉利昂，海参崴，阿拉斯加，直讲到坐过了站。这以后，两人熟络起来，下课情愿走路，在附近的公园里晃，或是花四十分钟，走回李清水的宿舍。黄晕的路灯下，张生和年轻的大学男生没什么两样，他说，以后带你去旅游，你想去哪就去哪。

最后的考试，只有李清水通过了。那时她忙着四处面试，随便对付一下，甚至没问张生的考试结果。直到毕业前，张生说，我们以后专飞国外，导游证用不上，她才晓得他并没考过。但这件事两人都不在意，仍约在补课学校附近见面吃饭，聊天散步。下雨天，李清水关节痛，张生就去宿舍楼下等，带一壶热水。两人坐在路边长凳上，常常是张生讲些从《国家地理》上看来的东西，李清水听。李清水若讲求职的困惑，张生听，不响，末了缓缓地说，你觉得适意就好。李清水听进去了，这句话和姆妈的"不行噢"，老李的"一样的"都不一样。不控制，不放任，李清水觉得好。

李清水觉得不好的时候，是从这句话的重复中听出了敷衍的味道。但她想的是，不能改了，无法再改了。她得尽快有个新家。

真正的旅游只有婚后一次，去了所有人都去过的泰国，因为便宜。李清水很后悔，那是比上海更湿热的地方，交通颠簸，她有些中暑，又起了疱疹，浑身难受。张生说，来都来了，不玩浪费。他为假期制作了紧凑的行程规划，势在必行。李清水躺在客房，你自己去吧。张生就出去了。此后每晚回来一趟。三天后，他们飞回上海。

再后来，他们连马路也不常走了。

也许不是张生的问题，换个人，李清水想，也会走到这一步，甚至不怪自己，世界上任意两个人都无法长久地站在一起，像姆妈和老李，从小街坊，又是老厂同事，强撑了半辈子，最后不还是分道扬镳了。

"对美好生活所产生的希望是用来关照当下的，而绝非未来。"

李清水在转行后参与设计的第一本书里读到这句话，脑中随即画下了两道波浪线。她用此来解释自己背叛童年立下的抗拒婚姻之志的行为,当然就无法允许自己后悔,也难以期待可能存在的下一段婚姻。

这本书卖得很差,设计师也无甚好评。也对,奇奇怪怪的译文,自以为是的道理,李清水明白,大部分人还是需要希望的,她也需要。她自费买的那本,还没看完,就被爱好整洁的张生塞到床底的收纳箱里去了。家里很小,容不下书架,张生眼里又容不下拥挤,许多不必需的物什就被隐藏了。正如两人每次发生不愉快,张生会说,你确定我们现在要吵一架吗?他指着自己被打断的笔记本和手机。于是这些僵持的矛盾就被暗藏在空气中了,空气越来越沉重。

沿海城市的湿度总是很大,室内的水珠和尘埃摇摇欲坠,尚未爆发的怨气一旦强行加入,人就要窒息其中了。李清水能存活下来,她想,要多谢从小练就的一身本事。这个家和那个家,都住着一个精通在打颤的牙齿中忍耐一切的人。这正中了她在那本书中见过的另一句话:

"在自己身上发现的相似或重复的痛苦,是童年未完结的证明。"太毒了,李清水想,作者嘴巴太毒了,卖不出去活该。

但若不是新入职的体检,李清水不会感到这种重复的痛苦有多么惊人，姆妈的阴影像一团燃烧在后背衣服上的火，不仅灭不掉，还可能随时往肉身上引。体检报告里有一行小小的提示，建议定期随访检查。李清水问张生，要去吗。随你。于是李清水先忙过头三个月，总算有时间去了趟医院。隔周，电话来了，护士说得很快，李清水没听清。等护士重复了一遍：HPV16高危型阳性，李清水懂了，火烧上来了，她逃不开。如果长期携带这个病毒，姆妈的病就要转移给她了。两个人最相像的地方，原来在这。真厉害啊，明明不是遗传，妈却仍有本事在她身上埋下一颗地雷。什么时候爆炸？护士宽慰道，从发现病毒到癌变，是个很长并且不必然会发生的过程，慢慢治疗就好。李清水点头，姆妈最喜欢这样子，话不讲穿，只在一旁默默地盯着你，叫你气急、翻身、日夜心跳，就像当初警惕地盯着老李不放一样。

清水妈常说，我养你的时候，吃了多少苦头哦。李清水感到自己正怀着姆妈，就像姆妈当年怀着她一样。眼里都是雨水。她想自己只有到分娩出死亡的那天，才能彻底还清苦头，不再为任何强大的结果而心慌。

下午李清水请了假回家，发微信给张生，晚饭回家吃，有事。

张生过了半小时回了一句，那我又要洗碗了啊。

李清水读完就把手机扔进了沙发。

晚饭如常沉闷，张生边吃边玩手机，饭后，李清水拿出报告单给他，你看一下。

张生看了一会，没说话，又拿手机查了查，潜伏期有八到十年呢，死不了。

李清水听不出这是一句真心话还是个失败的玩笑，她发觉室内所有光线都被胶布封死了，眼前漆黑一片。

过了一会，张生说，你从哪里感染来的？我们是不是不能有性生活了？那我要不要自己也去查一下？

李清水拾起沙发上的手机出门了。从很早起，她就学会了自觉抗拒成为姆妈那样的火山，她把一切都吞下了。

六

从家里冲出来，又飘雨了，李清水没带伞，随手拦了部车，回过神来，人已经在高架上了。李清水问，我刚刚说过要去哪吗。

师傅说，我问了你好几声也没睬我，小姑娘眼睛红哩哩，一看就是同男朋友吵架了哇,上高架兜一圈,心情就好了,高架两边你看看,多多少少房子,里厢多多少少人家,哪个不是这样过来的。

李清水不知道回答什么。对面的道路堵得纹丝不动,而自己这边十分畅通,摇下车窗,风夹着雨点打过来。高架,又是高架,十年前李清水第一次随大巴驶入这里时,她惊呆了,层层叠叠的房子相互遮掩,无从触及尽头,而自己像在天上,与移动的星光并列。车一拐弯,自己又像要随时栽下去,摔进树林、广场,或居民楼,一层一层,见不到底。这个城市到底有多大,住着多少人,她想不出。可高架两边的房子近到几乎能从阳台爬上来,她清楚地望进每一个房间,考究的雕花顶灯,橘黄或乳白色的光,古铜的吊扇叶子呱嗒呱嗒撩着圈。与窗户齐平的饭桌上,有人吃饭,有人看电视,更高一点的房间,窗帘背后透出模糊的人影和衣架。他们会站在窗边看高架上的车吗?甚至车里的人?大巴往前,李清水感到自己立于电器商场,在一百台高清电视之间走来走去。一股巨大的好感涌上来。过去那个地方,那个家,太小,太熟了,才会有姆妈那样撕破脸面的人,才会人人议论别家的丑事。此处车来车往,谁在乎呢。李清水想好了,她要当个虫，比如没人认识的蚂蚁，悄悄爬出来觅食，悄悄爬回去睡觉。那时的她不在乎路人脸上写着什么故事，只专心热爱与路人共用的一片片人造光影。

上大学时，李清水常常坐校车从美院去本部上人文课。校车开出没多久就要上南北高架，返程容易堵塞，李清水围困其中，获得一大把细细观望的机会。夜晚街灯亮起，两旁的公寓也接连亮起，像一种随机的多米诺骨牌玩法，每个人走进去，推开自己的房间，啪，骨牌倒了一只。高架上的人也即将回去，停车，掏出钥匙，啪，他们也亮了。而校车里的人是多余的，她将永久盘旋在高架上，转过几百个弯，总也落不到一个洞口前。啪，李清水倒在宿舍上铺，没有牵动任何一张牌，冷冷清清。她感到一种身在城市之外的恐惧，这种恐惧长久地支配着她。

高架是城市的餐盘传送带，它把被工作掏空的人送回去，又把饱满的人从家里送往写字楼。而李清水是食堂里吃剩的餐盘，在缓慢的传送带上等待进厨房，接受清洗的改造。排队是个漫长的过程。她曾画过一幅作品，在无数栋楼房之间，城市高架上流动着的，是一个个长方形的餐盘，里面坐着各式各样的人，补妆的，打电话的，背电脑包的，穿工作服的，有一只手从天空伸过来，拨弄这条传送带，取出其中几个人。她不知道这只手是谁的，总之不是姆妈的。很长一段时间，这只手没有把她从传送带上解救出去，李清水等不及了，她自己跳了下来。落地的过程很急，很快，毫无缓冲的可能。

现在她觉得这些房子糟糕极了，每户人家都在吵架，或冷战，因为陷入几桩人事的泥潭而焦头烂额。黄色的灯光是焦虑，白色中加点灰暗是长久的贫穷。还有紧闭的阳台，无法拒绝灰尘和噪音，也关不住错买靠马路房后所流露的怨愤。白底黑字的投诉横幅被雨水冲淡，逐渐成了失去意义的装饰品，谁也搬不出去。每个堵车的司机都在鸣笛，册那，册那，老痰一口一口往外吐。李清水说，师傅，下个路口出去吧。

一路去往客运站。李清水坐上间隔很短的城际巴士，过了收费站，一小时就到了。李清水想去找老李，他和小胡就住在旧家隔壁的小区，也许那会是个新的家。

七

快八点了。李清水远远地看到老李和小胡在楼下倒垃圾，老李抱着刚买的西瓜，小胡手上牵着一只泰迪，狗的卷毛和人的烫头十分相似，蓬松饱满。他们扔完垃圾，到车库锁了门，上楼去了。老李仍保留了从前的习惯，一进门先开灶间小灯。刚散步回来的人，生怕引野蚊子进去，绝不敢开日光灯。李清水想起老李和姆妈一起散步，嘴上停不下的，是饭桌上遗留的各种问题。

稍微帮人家忙咯…

不来不来，屋里开销本身紧张。

我已经答应了…

勥讲了，快点跑！

姆妈的蒲扇总是摇得很急，还没走远，她挤到小店门口聊天，老李就和老烟枪们上桥去了，两人各轧各道，不过是一道出门的关系。

灯灭了，楼上并未传来狗吠，一切安详。李清水决定不打扰老李的新秩序，转而走向最熟悉的地方。眼前一砖一瓦都没改变，地还是坑坑洼洼，车还是四处乱停，看门的老头仍躲在传达室里听戏，喂金鱼。这条路，李清水走过一万遍，几乎要顺理成章地上楼，敲门，等姆妈掀开猫眼，谁呀——可是房子已经属于一对外地小夫妻了，卖掉的钱刚好抵充一点点房贷。她站在楼下草丛里,贴着墙头,像小时候喜欢她的男同学一样,到了,不说,只静静听着上面的声音。李清水不确定自己喜不喜欢他,却为这样苦心的寻觅感到兴奋。她不敢下去,只悄悄趴在窗台看他的头顶,捂着嘴笑。姆妈正巧回来了,她把男同学拎到小区门口示众,大骂,谁家的小孩心思这么野,带坏清清!你不要读书,清清还要嘞!男同学再也没和清水在学校打过招呼。

楼上有断续的哭声。他们有孩子了。李清水有些担心,小孩在这里成长起来,难免会碰到些问题,比如大卧室放不下电视机,客厅的电视又会吵到小卧室。比如光线不好,白天写作业也要开台灯。还有卫生间和冰箱挨得太近,进出容易被绊倒。六岁的李清水俯身摔向地砖,磕去半颗门牙。老李没留意,只拿冰块敷。姆妈回来发现牙没了,劈头盖脸骂了二人,饭也不吃赶去医院。回到家,老李说,我说对哇,乳牙么,以后长新的就好了。姆妈又饿着肚子和老李吵了一架。李清水在一旁哭,碎裂的牙缝不断流出血来。

有些事情变成一块一块砖在楼下堆积起来,直至李清水能够到那扇盛着一家三口的窗户。

男主人在咳嗽,女主人轻轻唱歌哄小孩,李清水都听得到。她知道这些年姆妈和老李吵架的动静，邻居们也听得一清二楚。她想，至少自己的哭声邻居是听不见的，她的忍耐力很好，总是等大人睡了，一头闷进被子里哭。这种经历一直持续到老李离开。

姆妈和老李的最后一次争吵是在二〇〇八年，李清水自认为即将远离争吵的那个高三暑假。姆妈不知为何突然怀疑老李出轨，老李不解释。姆妈认定了，和老李私通的是对面批发街上卖卫生纸的寡妇小胡。姆妈每天骂，家里没草纸了，去胡狸精那里拿一点来呀。老李不理。姆妈说，一天到晚板着一副面孔，去胡狸精那里就开心了哦。老李不响。直到八月八号，李清水忘不了，小区里每户人家都打开电视准备看北京奥运开幕式的晚上，姆妈把饭桌掀了，李清水事先放好的西瓜、花生、茶杯，全都散在地上。姆妈悠悠地说，老李啊，你怎么不去胡狸精家里看呀。

老李说，我这就去。他出了门。

李清水看不成开幕式了，她央求姆妈去道歉，把老李寻回来。姆妈说，还用寻吗，肯定在胡狸精店里，随伊去。

李清水哭着冲出去。那天夜里的小区安静极了，路上没人没车，连野猫都没有。偶尔路过别人的窗户，总能瞥见电视屏幕闪着的光,其中透露出遥远的鸟巢里那种欢欣鼓舞的气氛。这个夜晚,只有室内的人才能与集体相联结。李清水觉得自己在一个最糟糕的家里,有一个最糟糕的母亲。她壮着胆子穿过马路,去看对面的小胡纸店,门关着,没有任何声响,也许小胡也回家看开幕式去了。李清水大声朝天喊,老李!老李!没有人探头出来看。李清水就这样哭哭啼啼地在小区里转圈,在周围的马路上转圈,眼泪模糊了她的眼睛,如果老李真的在她面前走过,她也看不清了。

李清水蹲在一棵树下哭。姆妈走过来了,她说,你爸回来了,你还要寻吗。

回到家,桌子已经翻好了,西瓜、花生、冒着热气的茶水又放在上面。老李转过身来,笑嘻嘻地说,清清,我出去上个厕所呀。

李清水坐到位子上,三个人沉默着看完了最后的环节,运动员入场式。已经是最后一个国家了,姚明举着旗子,运动员穿着红色和黄色的西装,解说一一介绍他们已创下的战绩。李清水什么都没听进去,她的眼睛也看不清了。电视里传来的狂热的欢呼,她听着像暴雨的声音,一下雨,家里的墙壁又要渗水了。

奥运会结束后，李清水要去上大学了。姆妈仍像以前一样，自愿送她。火车上她对姆妈说，你不要再逼老爸了，好吗。姆妈不响，削一个苹果，她后来讲，你不懂的，不要管。

后来姆妈又闹过几次，总是这样，老李摔门而出，过一阵又回来了。直到国庆的最后一天，李清水放假在家。姆妈躺在床上喊出那句话的时候，并不晓得那是一生中的最后一句。这一次，老李真的走了。

一周之后，老李回来拿衣服，他借住在单位里。半年之后，老李再回来，要和姆妈离婚。小区里的人都知道，他是带着胡狸精来的，姆妈的哭闹声让所有人都听明白了。

李清水至今想不明白，到底是姆妈先发现了这桩事，还是老李真的气急了，要气死她，才去找了小胡。李清水一直希望是第二种。

去民政局的那天是个周末，李清水被喊回了家。她陪着姆妈，小胡陪着老李。姆妈全无平时的气势，平静极了，懒于张口。他们很快换好了证，老李净身出户。分别前，老李说，清清，照顾好姆妈。李清水还没接话，姆妈走过去，连甩了小胡三记耳光，甩得她笔挺的盘头飞散开去，鼻子牙齿全是血。

老李说，学琴，同伊不搭界。姆妈第一次没有厉声回骂。

李清水像开幕式那天一样，在小区里兜了一圈又一圈。每一棵树，每只水泥凳，每一个熟人的阳台，她都仔细看了一遍，像从前在高架上看近处的房间。只是这里的房间，她都认得。清水突然很想搬回来，住进自己家里，哪怕只剩她一个人。可房子分明是别人的了。她嘲笑自己，永远住在自己不愿回去的地方。

单元楼里的灯一盏一盏熄灭了，野猫四处出没，白天的垃圾开始酝酿臭气。李清水知道，夜来了。她走出来，看了值班老头一眼，对方报以一个你蛮眼熟，但我想不起来的挑眉神情，无可多说。最后一班回程车要开了，李清水最后还是选择踏了上去。又一遍高架，又一遍对别处灯火的徒羡。

李清水坐在夜宵车里，不断回想起姆妈的最后一段时光。她坚决不准老李来看望。直到浑身水肿，被迫住进医院，老李问李清水要了房号，总算来了。他坐在床边一动不动，看着打了止痛针睡去的姆妈，脸色铁青。小胡在外面走廊上坐着。

姆妈醒来，看到这张面孔，嘴里立刻啊啊乱叫起来。

直到李清水把帘子遮起来，她才停下。这番挣扎耗尽了她的体力，余下尽是喘息。两个人隔着帘子，坐了许久，一句话也没。老李眼里都是水花，一只糙手掌揩来揩去。不久，小胡隔着墙喊，老李，老李，差不多了哦。她打起了招呼。

老李站起来，学琴，我走了噢，你好好养，我再来。

学琴不响。这是老李和姆妈分开几年来第一次说话，也是这辈子最后一次说话。

李清水觉得恍惚，两个人在她的前二十年里，每天要说多少话，其中又有多少顶撞和逃避的意味，怎么突然间就不再说了。她想，老李一直话不多，而姆妈这么能说，到后来却毫无出口，也许病是这样憋出来的。夜里的高架空空荡荡，车开上去，像一支笔照着直尺划过白纸，刷，刷，畅通无阻，而车里人影零星，空座位多到叫坐着的人拥有足够的余地，去回想生命中所有曾经来过又走掉的人。

李清水望着自己的前后左右，谁也不在。

八

李清水到家，张生已经睡着了。沙发上歪斜着几罐啤酒,电视还在放野外探索类节目。她看着他,想起刚认识的时候,张生常常能从公文包里拿出不同的地图来,落笔勾画,这里,那里,好像标记一下就到过了似的。等手机里有了卫星地图,万事方便,张生反倒不怎么看了。那时李清水想,也许人人过了三十都是会变的。他残存的热爱方式只剩下了看旅游频道。

有时张生倚在沙发上看电视,这个地方蛮不错的,他讲。

清水问,去吗?

还是算了吧,头几年还贷最好不花大笔钱。张生有着财务人员一贯的谨慎和自律,家里的经济也由他一手规划。

靠省能省出多少,怎么不换个工作,多去赚点钱。李清水一旦突然提高嗓音,总会说出叫自己和别人都很难接的刺话。她对张生十年来安于一个职位感到不解。

现在还不够累吗?

现在不赚钱以后更累。

你也晓得这个道理,还藏着自己那点钱做啥。

张生说的是唯一一笔还没被他纳入管理的钱。

当初清水妈听说两人要贷款买房,过来一看,比自家老的小区倒要比自家贵十倍,匆匆离开。几天后打来电话,妈这里不多，总归多付一点是一点。李清水没要，那时她只想和老李一样，实现净身出户的壮举。这些钱后来大半交付医院了，所剩无几的遗产，李清水存在一个新开的银行账户，不打算动。

每到提钱，张生最后总会问，为什么不肯？

李清水难以解释，她似乎被一种强大的念头支配着，不愿把姆妈从生活里再度翻出来。后来几次被张生说服，决定动用，最终却都放弃了，她才发觉不是这样，钱是会用完的，李清水只是不愿把最后一丁点姆妈从自己的生活里消耗殆尽，她舍不得。

关掉电视，家里一下安静了，也冷却下来。谁能像主持人那样，每天游玩，又每天保持灿烂到僵硬的微笑呢？对楼的最后一个房间灭了灯，狭窄的楼间距叫这里的房间也跟着暗下一小块。为了继续那个多米诺骨牌游戏，李清水立刻触碰自己手边的开关，客厅的灯熄灭了，家里彻底被胶布封上，李清水不太得清身在何处。回想一整晚的游走，自己不过是从一个小区到另一个小区，丝毫不能察觉城市的边界。似乎这几栋单元楼是打通的,往后,是老李和小胡的家,再往后,是老李、姆妈和她的家。彼此间望着极近,来去却很远。

李清水翻了翻一晚上没回复的微信。在十几个工作群中挑拣出一条特殊的,来自初中同学小毛的消息:小道消息!XXL也会去的,听说他刚从美国回来,你一定要去啊!

李清水没明白,又翻了翻别的信息,发现几乎不用的初中班级群里有这样一条信息:本周六下午,三中上海校友会聚餐,有空的同学请积极参加!后附一个报名链接。

小毛说的就是这个了。

李清水和小毛初中时最要好,高中和大学却分开了。后来一个回老家,一个在上海,关系愈发疏远,加上小毛生育早,忙家庭和忙工作的就更难碰面,偶尔在微信上说几句,也并不能及时互动。两个人上一次见面,还是在清水妈的葬礼上。小毛安慰,好了好了,想开点,这对你也是种解脱。李清水懂小毛的意思,她心里也这样想过,但她不敢让自己再想下去。

这次小毛特意发消息来,是被一个久违的名字击中了。他叫夏肖立,小毛给他取的代号是XXL。XXL在李清水家楼下盘旋的那一天，李清水给小毛打过求助电话。

小毛，我要下去见面吗？

最好不要。你又不确定喜欢他，下去干吗。保持好姿态啊李清水。

那我怎么办，你能过来吗？

我当然不能乱插一脚啊，你就在楼上待着，以不变应万变。小毛没早恋过，却看过很多连续剧，租碟店是她放学后最多停留的地方。

小毛，你说XXL到底想干什么呀。

想你呗。

别乱讲。

没骗你啊，再过一会儿，他就要像罗密欧那样大声表白了。

李清水吓得不敢接话，要知道周围每个邻居都竖着耳朵呢。她听从小毛的意见，趴在窗口低头看那个站立的身影。从上往下看，XXL的寸头就像一盆小葱刚被做晚饭的人剪去了一茬，平平的，毛茸茸的。这种紧张的偷窥让清水感受到了起伏的欢欣。她时刻准备着，一旦XXL开始喊她的名字，她就用尽全力去"嘘——"。

第二天李清水到学校跟小毛复述了姆妈当众教训XXL的全过程。小毛叉着腰讲，你完了，青春期男生最看重的就是自尊心。你妈这样做，他会记恨你一辈子。

　　为什么不是记恨我妈？

　　喜欢谁就会恨谁啊，你不懂。

　　果然，李清水下午和小毛汇报了XXL对她视而不见的情况。小毛说，我没猜错吧，他绝对恨死你。

　　那我要去道歉吗？

　　当然不用啊，又不是你骂的他。小毛说起自相矛盾的话来格外理直气壮。

　　XXL从她们的日常谈话中消失后没多久，三个人就升去了两所不同的高中。小毛和XXL还是同校，李清水一个人。

　　给小毛回完一个坏笑的表情，李清水摇醒张生，喊他进房间睡。顺口问，周末要不要一起去我的同学会。

　　什么同学会？

　　初中的。

　　有我认识的吗？

没有，但是有XXL。

XXL是谁啊？

原来她在路灯下讲过的故事，张生忘了。那时还是张生一路追问不停，你一定要把每个追过你的男生都说一遍，我好以史为鉴。现在她没有讲第二遍的必要了，转而说，那我自己去吧。

行啊，我周五看球，白天不一定起得来。

李清水不再接话。

张生又说，这几天下午都有雷阵雨，雨太大就别去了，到时候回来又发脾气。

说完合眼了。他的语气平静，仿佛还没意识到离家出走的太太才刚回来，也忘了那个叫太太惶恐的病毒的存在。但他说得没错，好几个下班碰到大雨的日子，李清水一进门就摔鞋扔包，像要跟自己身上的全部东西打一架。雨天打滑，她踩不住刹车，无法扭转直线坠落的情绪，只能等着它落地爆炸。

这夜李清水做梦了，她洗完一条很厚的棉被，怎么也拧不干，只好把湿透了的被子挂上去，因此竹竿很沉，沉到一伸出去就要掉下去。那关头，后面突然有只手帮她托住了竹竿，她回头，一个年轻的扁平面孔，生着扁平鼻头。

李清水醒来，眯眼嘲笑自己，我能生出来的，大概只有一个肿瘤吧。

九

上午天气很好，李清水很早起床，做早饭，照例晒衣，做中饭，不时和小毛在微信上聊几句。

小毛问：激动吗！

有什么好激动的。

别装，有目标了吗！

什么目标？

比如，去道一个迟到的歉。

老套，听起来像青春片的开头……

然后要个微信号，重叙旧缘呀。小毛发来一个坏笑。

别乱讲，说不定人家早把我忘了。

怎么可能！毕竟挨过一顿臭骂。

那就是还记恨我呢。

记恨你妈啊，又不是你。你们可是被拆散的梁祝，现在机会来了！又一个坏笑。

李清水和小毛把那天的事情仔仔细细又聊了一遍，两个人的记忆有些出入，但各种细节总算拾回来了。那扇窗底下，XXL站了多久，他是问谁要到小区地址的，被姆妈骂的时候，他是什么样子，在学校碰面又是怎样的一张脸，清水感觉自己回到了十五岁的生活，讨厌所有喜欢她的人，越殷勤越讨厌，同时又为这样的人感到小小的雀跃。

怎么样，现在有没有精神出轨的感觉，说不定能来一出《昼颜》啊。小毛兴奋起来毫无顾忌。

李清水愣了一下，还不知道怎么回，手机短信却来扫兴了，市气象局提醒，午后有雷暴天气，橙色预警。她望一眼，窗外明明烈日暴晒，夏天真麻烦。

清水说，不一定去得成，天气不好。

小毛讲，好事多磨呀。要不我先发你一张他的照片，人家现在可是帅气又多金，保你看过了就不敢不去。

走开，不要。李清水拒绝诱惑。但她很快跑去卫生间化妆，又回卧室挑衣服，脚步有些欢快，小毛吵着要当军师。

张生插嘴，不用搞得很正式哇，人家还以为我们家很有钱嘞。李清水被戳了一下。

张生又说，下周我请个假，我们再去医院看一次？他的态度有些缓和，但绝口不提前一晚的事。李清水答应了。这两下几乎把她硬生生地掰回现实，一个尴尬的身份，一种危险的处境，她泄气了，决定随便应付一下午后的聚会。

李清水这样想以后，天色也跟着变了。室内光线渐暗，清水赶紧收进阳台上的衣服，动作娴熟利落。可是过了一会儿，太阳又出来了。小时候，姆妈就常常在乌云和日光的轮替出场中充当一个不知疲倦的西西弗斯，而李清水选择自我克制。既然乌云暴走，雨水也不会远了。

了解HPV后，李清水发觉不止是疾病，人身上的很多事情都是乌云的某种隐喻。它黑沉沉地压过来了，气势凶猛，笼罩着一群人，人们不知道它所酝酿的雨水会浇在谁的头上，也猜不出它什么时候会落下来，落多久。但日光肯定被吓跑了，于是人就这样长久地存活在一片暗无光亮的等待中，又因那不可把握的等待而惶恐得丧失了逃离的能力，低头，抬头，都是怀疑。现在这片乌云叫李清水犹豫出门，犹豫任何可能摆脱它的途径。这个小区离最近的地铁站也有好几公里，李清水甚至感到，乌云正等着她，她一上路，它张开嘴，口水就哗哗哗流下来，伴之以惊雷的大笑。

张生说，叫辆车吧，淋湿了不好。

果然，李清水刚坐进车，雨就噼噼啪啪打在玻璃窗上面，这惊险得像一场好莱坞式的越狱。她长舒一口气，总算侥幸过关，获得了半寸安宁。

李清水按亮手机，又是小毛：线人来报，XXL还是黄金单身！

十

车很快上了高架。周末的传送带仍旧堆满了餐盘。里面的人想出去散心，外面的人想进来购物，结果两面都不轻松，虽不如平日里严重，却也成了堵塞的下水管道，通一下，停一会。雨打上来，像子弹袭击，车窗无可闪躲。

司机似乎有点无聊，想寻点话和李清水说说。他从目的地入手，那个酒店挺高档的，去参加婚礼吧。

同学聚会。

哦哟，包个场老价钱了。现在年轻人会白相呀。

李清水不响。

同学会嘛，基本上就是比一比谁有钱。你老公工资多少呀，房子买在哪里呀，小孩多大啦。对哇，过得不好的人，大多不肯去的，讲难听点，也去不起。像我和我同学，基本上不来往的，顶多微信上聊聊。有一趟拉客拉到一个老面孔，老早一道在虹口读书的，不得了，人家已经跟老公拿美国身份证了，伊回来探亲，我还在拉黄包车嘞。册那，面孔坍光。

那你们还有的聊吗。李清水想到XXL也刚从美国回来，不自觉接了一句。

刚开始是有点尴尬的，毕竟几十年不接触了。我问完伊的情况，伊再问我，我嘴巴塞牢，伊就晓得我不大好，也不好意思追问了。后来我讲，你还记得班上的皮大王哇，两个人一讲起学堂里的事体，马上热络起来了。什么男追女呀，女追男呀，讲到这种么，大家就开心了。下车前我还加了微信，伊也是住高档酒店，我拿伊拉到中学群里去，班长说蛮好蛮好，你多拉拉客，寻回各路富贵老同学就靠你啦。

司机越说越兴奋，李清水没听进多少，她努力回想XXL的面孔，所浮现的只有那个整齐的寸头，在楼下细窄的水泥路上晃来晃去。她后悔没问小毛要照片，万一走进去找不到怎么办？难道期待别人主动认出自己？还是傻乎乎地询问，请问夏肖立同学来了吗？李清水这么想的时候，已经感到脸红了。真的碰面了，还有话可说吗，要怎么提起，怎么道歉呢。她看着外面的雨，还是密得惊人，只不过声音被师傅的话盖过去了。车外晕开了，每个事物都模糊成一个色块，无限联结起来。这样的雨是李清水最不讨厌的，它来得快，去得快，也降暑，干脆利落的东西，好或不好，都不会折磨人心。

师傅的嘴巴停不下来，他讲，真是滑稽，这个女同学当年相貌平平，班上没人看得上伊，想不到命这么好。后来人家就讲，越是这种尖面孔细眼睛的女人，老外越是喜欢呀。正说着，一部跑车变道超过，司机踩了急刹车，大骂。李清水冲了一下，师傅，慢点开好了，我不赶时间。她的意思是少说几句，专心看路。

师傅慢下来，雨也跟着慢下来，两人各自沉默，听车窗的撞击渐弱，渐弱，很快收住，天又发亮了。前面的车纷纷慢下来，师傅讲，哟，好兆头啊，出彩虹了。

李清水摇下车窗，凉爽扑面而来。彩虹是透明的，像不干胶撕去透明薄膜后留在纸上的部分，平整服帖。雨后的城市，每一种颜色都会变得更深更亮，车身，马路，两边的阳台，行道树，连汽油都透露出被冲淡的新鲜味道。李清水懂这种感觉，在办公室忙了半天，洗把脸，不用补妆也浑身清爽。她看到有几户人家又撑出竹竿来了，女人们一喊，屋里的小孩全冲出来看了。

许多手伸出车窗来拍。一道彩虹，被分成几百道，传送给上千个人。司机说，等下哦，我拍下来给我女儿看。李清水正犹豫着要不要拍，张生已经发过来了，从家里阳台看出去的，比高架上的小一点。他说，晚上荡荡马路哇？

李清水忽然有一种念头，现在要去马路上看看。她说，师傅，下个路口出吧，别走高架了。

那要绕远路了。

不要紧的。

车回到地面，又是不一样的风景。柏油路冷却下来的同时，又很快泛上热气了，收了伞的人又要打起伞遮蔽重出的太阳，一抬头，阳台上又是彩旗飘飘，李清水看着努力伸出上半身来拨弄衣架的女人，每个都是姆妈。

李清水回想起那个年初一的下午，也是雨过天晴的时刻，太阳光为冬日去除了几分湿冷。两个人从饭店出来等公交，姆妈郑重关照，你这个样子，坍大人面孔不讲，下趟自家吃亏。

李清水以为她还在担心出嫁的事，大声讲，那我不结婚就好了！

瞎讲，不结婚有啥劲道。

结了婚有啥劲道。

养个小囡，做个人家。

那我以后结婚了，有了小人家，姆妈的人家就散了呀。

姆妈说，等你成家，我散了也不要紧。

那我养个小囡也不听话呢。

不怕，姆妈帮你带，姆妈就有新的人家了。

李清水无论如何也想象不出三代人共处的样子，那时候是，现在还是。

路口红灯，李清水摇下车窗，探头向外面看，檐头水飞快地往一楼的朝街店面滴下去，路人不得不继续打伞或绕路避开。她伸出头，再往上看。刚跳绿灯，她说，师傅，靠边停吧。

酒店不去了？

嗯。

小姑娘，被我讲坏掉了啊。

李清水摇头，师傅讲得蛮有道理。

李清水下车，走回去，站到那个被路人空出的位置，冰凉的檐头水滴滴答答落在她身上，她抬头，水落在她脸上，带着下坠的重量，舒服极了。她把包扔在地上，鞋脱在地上，褪去雨水的泥石板热烘烘的，上下两道温度汇聚在一起，她觉得城市的边界打通了。她持续往后游，往后游，一直游到自家楼下，老李和小胡楼下，游到姆妈楼下，姆妈把衣服串在一起，挂出来了。老李的白色汗背心，条纹裤衩，姆妈的胸罩，AB裤，她的没有海绵的青少年内衣。

手机振了一下，小毛心急地问：见到了吗？

见到了。李清水抬头拍了张照片发给小毛，一个小女孩站在阳台上，头发像吊兰一样顺长，朝外散开，她正把挤不干的衣服套进第二根竹竿，留意着楼下的行人。李清水想，行走的人头，在小女孩眼里，或许是一盆盆移动的小葱。而她自己应当是吊兰，是不小心被竹竿碰落的半盆吊兰。

余 音

邓安庆

邓安庆　湖北武穴人，1984 年生。已出版《纸上王国》《柔软的距离》《山中的糖果》《我认识了一个索马里海盗》《望花》等多部作品。

一

夏阳出了火车站，还没来得及环顾一下这个陌生的城市，胡珍珍就已经跑过来了。虽然十来年没见，胡珍珍还是老样子，娇小俏皮，连笑意都是熟悉的。她一把接过夏阳手头的行李箱，"你饿不饿？我带你去吃饭。"夏阳要把行李箱抢过来，胡珍珍伸手打住了，"坐了一晚上车了，你歇歇。"夏阳没有再坚持。下午两点的太阳有点儿晃眼，胡珍珍带他去了车站附近的肯德基垫垫肚子。买了一个套餐，汉堡包加可乐，胡珍珍看着夏阳吃。夏阳的确是饿，吃起来也就不客气了。胡珍珍有一口没一口地舔着冰淇淋，跟他说起帮他找的房子有多大，离市区有多远，手机忽然响起，她低头看了一眼，笑道，"是赵君雅打来的。"接完电话后，胡珍珍说，"你还记得赵君雅吧？咱们以前的班长，学校的校花……"夏阳淡淡地说了一声"记得"。

赵君雅。赵君雅。夏阳心里默念这个名字，像是怕烫似的，不断地在舌尖翻转。胡珍珍跟他说了句什么，他没反应过来。胡珍珍又说了一遍，"她说她下了班就过来找我们。"夏阳愣了片刻，"谁？"胡珍珍笑着拍打夏阳的手臂，"你真是坐车坐傻了！赵君雅啊，她就在市区上班。"夏阳猛地紧张起来，"啊……这个……"胡珍珍疑惑地偏偏头，"你不想见到她？"夏阳摇摇手，"当然愿意！我只是觉得我这样太邋遢了……"胡珍珍打量了他一番，"挺干净的。我马上带你去你的住处，你先洗个澡休息一下。她来的时候，你就恢复精神了。"

吃完饭，坐上了去镇上的公交车。胡珍珍不断地问夏阳各种问题，为什么要辞掉武汉的工作来这里，应聘的是什么工作……夏阳有一搭没一搭地回答。公交车上响起了广播，乘务员提醒某一站到了。夏阳的心猛地跳了一下，眼睛里起了一层水雾。他扭头看窗外，希望胡珍珍没有注意到。村落远在一片竹林之后，低矮的丘陵有零星的农人在劳作，这一切像极了老家。他忽然想起上中学时那条通往学校的泥路，一侧是开满荷花的池塘，一侧是绵延的田地，时不时有鸟从麦丛中扑簌簌飞上天空。学校的广播也会适时响起，赵君雅的声音在空中回荡，"现在请欣赏歌曲：《恰似你的温柔》——"这首歌是赵君雅每天必定要放的。蔡琴的声音醇厚，而她的声音极清极脆，像是水珠滴落。有时候赵君雅会朗诵诗人食指的诗《相信未来》，有时候她会放一段轻音乐，播放时她总会说："亲爱的同学们——"读那个"的"，她会停顿一下再继续说下去。所以每每听到此，夏阳总在等着那一个小小的停顿，走路的脚步也慢了下来，一旦她说出，夏阳便会会心一笑，仿佛这是他们之间的默契似的。其实怎么会呢，他们都不认识。

初一时，她是夏阳表弟班的班长。教学楼二楼最靠右的那间教室第一排最中间的那个位子，就是她的。表弟有一次说起她时啧啧嘴，"老师最喜欢她了，只要是朗诵课文的，都叫她。"夏阳噢了一声，毫无兴趣的样子，心里却盼着他再多说一些，表弟却埋头继续写他的作业去了。夏阳的班级在一楼正中间，是去食堂的必经之路。她常常是拿着一个水红色塑胶盒子，急匆匆地走过去。她瘦且高，喜欢穿粉红色的上衣，长发扎成马尾，用草莓发卡，眼睛细细地眯觑着，戴着橘色镜框的眼镜，走起路身体直直的，两腿不带商量地往前迈进，她的同学向她打招呼，她微微一笑，薄薄的嘴唇往上一翘，又继续往前，几乎快要小跑了。夏阳知道她是要赶紧去食堂打好饭，然后去宿舍楼二楼的广播室。当夏阳走在去姨娘家的路上（他那时寄宿在姨娘家里），便又一次听到她的声音了。

一到初二，重新调班，她又成了夏阳班的班长，夏阳为此高兴得不行。她这次依旧坐在中间最前排的位子，就在夏阳的正前五排，老师一进来说"上课"，她便应声而起，"起立！"她的声音坚定有力，大家刷地一下跟着起来。"老师好！"她高而亮的声音再次响起，大家便跟着她说"老师好"。坐下了，她直苗苗地挺着腰杆，眼睛跟着老师走动，手在笔记本上刷刷地写笔记。她的字长手长脚，说不上好看，下笔很重，纸上两角都翘了起来。课间休息时，前后左右的人都愿意找她说话。别人说话时，她笑，眼睛眯成小缝，高耸的脸颊红红的，头低下的一刹那，手拿着笔在本子上滑动。她有时候也会草草地扎个辫子，一笑时，辫梢从她的脖颈处滑到一边。原来她私下说话时，并不像广播里那样字正腔圆，而是轻软的，当然咬字还是十分清晰。

不知道为什么，眼睛总也挪不开。上课时，老师在讲台上说着勾股定理，而夏阳的眼睛看着看着，总不由自主地落在她的身上。她的草莓发卡有些掉色了，她伸手去抓了一下脖颈，她从课桌抽屉里拿出笔盒咔哒一声打开……过半晌夏阳反应过来，又强迫自己重新看黑板，不一会儿又一次看向她。幸好她在夏阳前头，并不知道夏阳的所作所为，其他的同学也不会留意。有时候，夏阳趴在栏杆上，见她跟胡珍珍，还有其他几位女生在花坛边说话，细细碎碎的听不真切。她手上掐着一片大叶黄杨的叶子，右脚撑着花坛的边沿，一笑起来身体往下弯。那时候，感觉其他的女生都不存在了，只有她的一举一动，占据着夏阳全部的注意力。夏阳生怕她看出来，虽然隔得如此远。夏阳强迫自己看看天，阴沉的天空，不透漏一丝阳光；又去看远处的村庄，高高低低的屋顶，麻雀飞来飞去；又去看校外的省道，空旷的路面只有一个人在拉着板车……再次忍不住看花坛那边，已经没有人了。夏阳一时间好生失落，耳边却响起纷纷沓沓的上楼声，她的声音又一次传来。原来是上课铃声响了，其他女生都进去了，她站在门口叫了夏阳一声，"哎，上课咯。"夏阳忙答应着说好，往教室里跑去。那是她第一次跟夏阳说话。

　　第二次说话又隔了好久。班级里界限分明地分成了三个阶级，最上头的是好学生们，最下面的是差学生们，而中间的就是像夏阳这样成绩不好不坏的，最容易被老师忽略掉。这样的阶级感，被班主任鲜明地用排座位的方式呈现了出来。任课的老师也直接说了："我就管这些成绩好的。"说时他的手指了指前排，然后又把眼睛憎恶地投向最后面的几排,"至于你们学不学,看你们自己。你们只要课堂上不说话不捣乱,我也懒得管你们。"说完,他就开始上课了。中间的几排,都开始沉默地记笔记。他们知道,如果下次考得好,可以进到前排去,如果考得很差,就堕落到后排去了。而夏阳的成绩始终不好不坏,就一直在中间。很意外的是,再一次调座位时,她被调到中间来了,而且成了夏阳的同桌。夏阳心里十分讶异,看她的成绩单,名次果然滑落了不少。班主任宣布每个人的位子后,冷峻地看了她一眼。她起身把书摆好,凳子挪开,夏阳过去帮她抬桌子。她有点儿惊讶地看了看夏阳,小声地说:"谢谢。"

二

那时候夏阳已经不住在姨娘家了,搬到学校的男生宿舍。全班三十多个男生住在一个宿舍里。晚上三节晚自习课上完后,已经晚上十点了。回到宿舍,洗洗涮涮一番。到了十点半,宿舍熄灯,班主任会打着手电筒过来巡查。他们都静悄悄地睡在床上,一等班主任走远,赶赶咐咐的说话声就开始了。说起教数学的女老师,今天穿了个半透明的白色裤子，连内裤都看得见；说起校长的媳妇，今天过来跟校长大吵大闹，因为可能有婚外情；说着说着居然说到了她，有人噗嗤一笑，说："山鸡，她是不是跟你表白咯？"那时候风行古惑仔，那个绰号叫"山鸡"的同学说："没有的事！我怎么会看得上她？！"那人又笑说："人家是校花，只怕看不上你咯。"山鸡说："瞎扯！"其他人都在起哄，"嚯嚯嚯，有戏哦！"夏阳心里十分震动，居然有这样的事情，他一丁点儿都不知道。看来原本没有在宿舍住，的确是错过了很多消息。那人说的事情是真的吗？夏阳心里没底。只是觉得那个遥远得不可触摸的人，一下子变得有血有肉起来。大家起哄了一阵，山鸡忽然大声说："我才不要她当我媳妇。我不管找什么人，都不会去找她！"

山鸡是坐在最后几排的学生，他高大好斗，时常能惹出些麻烦来。她怎么能看得上他？夏阳始终不理解。她就坐在夏阳旁边，不声不响地做数学题，头发紧紧地往后束起，额头光光的。他们之间很少说话，每次上学来坐下后，各自微微一笑，算是打过了招呼，就忙各自的去了。夏阳忍住不去偷看她，她一点点的动作，都在夏阳的感知里。那些男生用难听的字眼说她，叫夏阳好生气，可是又莫名地想再去听。

然而一旦看到真实的她，又觉得那些传言都不像是真的。她还是她，虽然就坐在自己身边，可是好遥远。语文老师叫她起来朗诵文章，她起身来读，一次读的是鲁迅《伤逝》的片段，她的声音平缓有力地念出来，夏阳渐渐被带进去，仿佛能对子君的遭遇感同身受，眼泪都涌了出来。夏阳把课本竖起，头低下来，生怕自己流泪被其他人看到。她读完后，坐下来。不一会儿，她把自己的本子像是不经意地推了过来，上面有她写的字："你没事吧？"居然被她看到了，夏阳心里好生羞愧，简直想找个地方藏匿起来。夏阳在自己的本子上写道："没事。"又缓缓地推过去。她没有再回复。

冬天快来了，田地的麦苗上一层白霜，泥路上的水洼里结了一层薄薄的冰。骑自行车去学校，耳朵和手都冻得生疼。又一次听到学校的广播，这次放的是《神秘花园》，听起来十分悠扬而伤感，夏阳想这是不是隐含着她的心情。夏阳慢慢地骑，心里也莫名地难过起来。"亲爱的同学们——"读那个"的"时，她又一次停顿一下再继续说下去，声音没有任何变化。到了教室后坐在座位上发呆，临到快上课时，她抱着一摞本子进来。语文老师一直鼓励他们写日记，写好可以拿到她那里，她去广播站时正好可以顺手带给老师，老师批改完再由她带回来分发。她发了一圈后，最后一本便是夏阳的。她从前面拿着夏阳的本子，走到自己的位子上，夏阳心里莫名地紧张起来。她坐下来，把本子递给夏阳，夏阳正准备接过来时，她笑着说："老师说你写得很不错！"顿了顿，她又说："我也很喜欢你写的那篇《余音》。"夏阳心中一阵狂喜，可是脸上还是强装淡淡的。她又问："你这个题目是怎么想到的？"夏阳说，"鲁迅《伤逝》里有一句，'连余音都消失在虚空中了。'我很喜欢这句，所以就写了。"她沉吟了半响，抬头笑了一下，"的确是好，我也喜欢。"

夏阳很想问她为什么会喜欢，又没好意思问。上课时，夏阳完全无心听课。因为太过兴奋，身上都冒汗了。而她依旧像往常一样在认真地做笔记。临到放学时，她再次跟夏阳说话："明天广播，我能读你这篇《余音》吗？"夏阳愣了一下，一时间没有反应过来，她略显尴尬地笑笑："如果不方便的话，就算咯。"夏阳忙说方便方便，立马把本子给她。她又笑了笑，说谢谢。那一天过得极慢极慢，每一分钟都是无比的漫长。晚上睡在宿舍里，翻来覆去地睡不着。同学们的呼噜声和磨牙声此起彼伏，窗外空旷的操场洒满月光，风吹着窗棂吱嘎吱嘎响。她此刻应该在睡梦中吧。女生宿舍就在宿舍楼的最上面三层，男生很少上去。时常，男生们在洗漱的时候，夏阳能看到她从开水房出来，手里拎着宝蓝色的开水瓶，跟其他的女生一起走上楼。

好容易熬到了第二天，又熬过了一上午，终于到了中午的吃饭时间。她依旧急忙起身，拿着饭盒去食堂。而夏阳磨蹭着收拾东西，走下楼，去车棚推自行车，车子都推到校门口了，广播声居然还没有响起。车流在夏阳两侧往校外的省道上淌去，而夏阳继续慢慢地推着车，走到离学校五百米的地方，广播终于响起来了。依旧是一段轻音乐，此刻夏阳已经不耐烦慢慢听了。终于音乐结束，她开始说话了，"亲爱的同学们——"夏阳的心一下子悬了起来，省道上来来往往的车辆真叫人恨，车胎碾过路面的声音，滴滴的喇叭声，都试图盖住她说话的声音。夏阳立在马路边上，耳朵竖起来，捕捉她的声音。她介绍了一下夏阳和这篇《余音》，就开始朗诵了起来，"在这个寒冷的冬季，我最喜欢的就是你的声音，它温暖而有力……"她的声音一如既往的平缓，这次更显得抒情。夏阳心里又兴奋又惶恐，很担心别人能看出自己这篇文章背后的寓意。没有来得及吃午饭，夏阳又推着车回到学校。同学们去吃饭都没有回来，教室里空荡荡的，夏阳坐在自己的座位上，也不觉得饿。她继续在朗诵，而夏阳静静地坐在那里听。

三

马上就要元旦了，学校决定开一次元旦晚会，每个班级都负责出一个节目。夏阳班上的节目编排自然落在了赵君雅身上。她开始召集班上的女生们，排练舞蹈《今天是你的生日，我的祖国》。另外，她也是本次元旦晚会的主持人，晚会的串词她问夏阳愿不愿帮她写一下，夏阳一口答应了下来。只要是上体育课和音乐课，她都带着女生们在走廊上排练。而夏阳坐在座位上，编写台词。写着写着，抬头看窗外，她伸出一只手说："这只手要往上面翘起来——"后面的女生们都嬉笑着伸出手，她又把手收回，双腿微蹲，"注意队形，往左走一步——"其他同学都靠在栏杆上围观，男生们有时候故意冲进去捣乱。此时，她立马站起来，严肃地喊道："胡平！"声音尖脆高亮，胡平嘻嘻笑了两声又退了回去。排练继续下去。等她排练完，夏阳把写好的串词给她看，她眼睛眯细地盯着本子，"好有文采嘛。"夏阳不放心地问她："真可以啊？"她点点头说，"蛮好。我喜欢。"她把本子递给夏阳时，碰到夏阳的手，冰冰凉的，夏阳接过本子，她又走到外面去了。

晚会在操场上举行，每个人端来自己的椅子，按照班级依次坐好。所谓舞台，就是前方一块空地。有风时不时吹来，每个人都冷得缩成一团。教学楼顶上一盏大灯亮起，照着舞台那块地。她就站在那光里，脸上化了妆，嘴唇涂了口红，人看起来都不真实了。这么冷的天，她一袭白裙子，站在那里，没有丝毫发抖的迹象，声音坚定地吐出来，"尊敬的领导，亲爱的同学们——"她流畅清晰地说着夏阳为她写的串词。一说完，她又坚定地走下去，立马把羽绒服给穿上，夏阳这才放心了些。一个节目完毕，她又一次把羽绒服脱掉，走到舞台中间介绍下一个节目。反反复复，穿穿脱脱。夏阳很担心她会因此而感冒。

终于轮到了自己班的舞蹈了。音乐响起，班上的女生排成两队，从左右两侧上场，每一个人都是一袭白裙，两只手上拿着点燃的蜡烛。等到两队在舞台中间汇合，排成一个心形时，她从舞台后面的正中间款款走来，低着的头慢慢抬起，脸笼在烛光之中，神情肃穆端庄，夏阳心中浮现出一个词来：圣洁。她伸开双臂，其他女生依次站在她身后两侧。风吹熄了她们手中的烛火，舞动她们的裙摆。尤其是她，沉浸在音乐之中。她舒展的双手，跳动的双脚，飞动的头发，都跟旋律融为一体。舞蹈快结束时，她转身往舞台后方走去，从光的最亮处慢慢隐没到黑暗中。夏阳心里莫名地一疼，恨不得起身去追她。现场掌声雷动，她又一次上台，拿着麦克风介绍下一个节目。而夏阳在恍惚之中，已经听不清楚她在说什么了。

第二天，她果然感冒了，时不时听到她咳嗽的声音，还有她的脸也红得不太正常，显见地是在发烧。夏阳问她："你没事吧？"她摇头说没事。中午回去吃饭，夏阳把家里的感冒药带了过来。今天的广播只有音乐，没有她的声音。下午再看到她时，她的声音已经哑掉了。趁她出去时，夏阳把感冒药偷偷放在她的桌子上。他装作在写作业，而她也看到了感冒药，左右张望了一下，哑哑地问夏阳是谁给她药的，夏阳摇头说不知道。她点点头，过了半晌，夏阳斜瞥到她往后看了一眼，夏阳知道那边是山鸡坐的地方。她又收回自己的目光，手反复抠着感冒药的盒子，却不打开。直到晚自习结束，她都没有吃药，药盒子被她放在了自己的抽屉里。

隔天她没有来，学校的广播里传来教导主任的声音，让他们抓紧时间复习，准备期末考试。她是不是病倒了？是不是住院了？夏阳一无所知，也没有听到大家提起。每个人的桌上课本都堆成了山，马上要考试的低气压盘桓在教室的上空。在做题的当儿，似乎听到边上赶赶咐咐的声音，以为是她又回来了，抬头却只是风吹动她桌上的本子。她不在，夏阳得以放肆地看她的桌子。她的书本都是清清爽爽地整齐摞成一排，不像自己的书都卷得不成样子；她的笔盒上是花仙子的图案，边角有些掉漆；她的桌子中间有隐隐的小字，夏阳假装从她的位子边走过，字极小极小，费了半天，能看出一个"静"，另外一个是大写的字母"L"。"静"，是让自己沉静下来吗？"L"是什么意思呢？整个晚自习夏阳都在琢磨。LOVE？还是——夏阳忽然想起山鸡的本名最后一个字是"磊"，莫非是影射他？夏阳假装看后面的黑板，偷偷看了一眼山鸡，他靠在自己的座位上抠鼻子。她怎么看上这样的人呢？夏阳心中莫名地对山鸡有火气。

期末考试前最后一次班会上，班主任绷着脸，说这次考试的重要性，话说到最后，他忽然顿了一下，"有些同学的心也该收收，好好放在学习上。"夏阳的心跳了一下，感觉班主任的目光压在自己这块。班主任忽然喊了她的名字，"你到后面站好。"夏阳心里简直惊讶极了，一直以来，她都是班上的典范，老师口中所谓的"品学兼优"，再怎么惩罚人，也不会轮到她的头上才是。她干脆利落地站了起来，转身往教室后面走去。班上极其安静，只有教室天花板上的灯管发出的嗡嗡声。班主任让他们自己自习，然后走出了教室。夏阳埋着头，完全无心看书。她究竟犯了什么错误？夏阳并没有发现她有任何异常之处呀。班上逐渐起了小小的议论声，可见大家都深感意外。夏阳很想扭头往后看，可是又不敢。

下课后，班上没有人动，都安静地坐在座位上。隔壁班上的同学在走廊走来走去，有的人走着走着突然在他们班外面煞住，眼睛看向教室最后，露出疑惑的神情。这些围观的人聚在一起小声地议论着什么，夏阳心里很恼恨。第二节是数学课，数学老师站在课堂上，抬头一看，露出意外的神情，便喊了一声她的名字，"你怎么站在后头了？快回来上课。"不一会儿，夏阳便听到她越来越清晰的脚步声，很快她就到了座位上，干脆利落地坐了下来。她翻开自己的课本，拿起圆珠笔，抬头看黑板，又低头速速地记笔记。夏阳用眼角的余光捕捉她的神情，一切都是正常的，好像没有任何事情发生。

一回到宿舍，等班主任查完寝室走开，问话迫不及待地立马冲向山鸡："你们之间发生了么事？快讲快讲！"山鸡很无辜地回答："我们什么都没有发生。你们不要乱猜。"同学都不信，"不要骗我们了！班主任都发现了咯！"山鸡嗓子大了起来，"真跟我没关系！我要是撒谎，生孩子没屁眼儿！"大家哄地一笑。如果跟山鸡没有关系，那班主任会因为什么事情去惩罚她呢？简直没有任何头绪。依旧是正常地上课，她也依旧是照常的样子，只是不大跟同学们说话了。下课了，同学们都涌了出去，她自己一个人在教室里坐着看书，夏阳也没走，默默地坐在一边。夏阳在本子上写了一句话："不管发生了什么事情，都会过去的。我相信你能扛过去。"写完后，夏阳悄悄地推到她那一边，她略微有些惊讶地看了夏阳一眼，又去看本子，笑了笑，在夏阳本子上写："谢谢你。我没事。"才写完，上课铃声响，大家又一次涌进来。

那个本子夏阳始终保留在身边。初三去报名时，她没有来。学校的广播里，响起了陌生的女声。她去哪儿了？为什么没有来？他很想问问胡珍珍，但始终开不了口。他很快被卷入不断考试的压力漩涡之中，没有任何闲余的时间了。

上完晚自习，在宿舍有同学点起蜡烛，通宵复习课本。班主任也再三强调是穿皮鞋还是穿草鞋，就看初三努力不努力了。没有人谈起她来。她的桌子给了另外一个从别的学校插班过来的男生，而夏阳多想跟他换一张桌子。那桌子上的字，不知道那个男生有没有注意过。那么小那么小，对于她来说，也许是那么大那么大的事情。只是自己不知道而已。每想到此，夏阳都不禁难过起来。

初三，学生们都不允许回家吃饭，为了节省时间，大家都在食堂里吃。端着打好的饭菜，夏阳走到学校的池塘边。浑浊的水面上漂着落叶，风催起一层层涟漪。忽然学校的广播里响起《神秘花园》的乐声，恍惚之际，夏阳仿佛听到她的声音，"亲爱的同学们——"读那个"的"时，她又会停顿一下再继续说下去。可是并没有，那个陌生的女声说："同学们，中午好！"声音欢快短促，听得夏阳恼火。操场上零散地站着一些吃饭的同学，还有用生石灰勾勒出的简陋跑道。夏阳记得开校运动会的时候，她就坐在操场最右角，一张小桌子，麦克风架在她的面前，她的声音脆生生地响起，"二（三）班的温明丽同学，祝你在500米短跑比赛中取得好成绩。加油加油！"又或者是，"恭喜一（五）的王大力同学在跳远比赛中取得第一名的好成绩！"每个班都会写好鼓励的宣传语，送到她那里去。几个小时，她的声音一直在学校的上空回旋。那几天夏阳的耳朵里一直都是她的声音，连睡觉都感觉她在喊着同学们的名字。

　　夏阳虽然很努力，但成绩一直都不怎么好，上了一所普通的高中，大学也只是一个普通的地方院校。离开了家乡，高中的同学都忘得差不多了，更别说初中同学了。唯独她，还在夏阳的意识深处，像是一个未解的谜。有时候走在街上，看到穿白裙子的女孩，夏阳会想起她，但立即判断出那不是她。她走路的模样，夏阳再熟悉不过了。很少有人像她那样走路。也很少能听到像她那样的声音，几乎是独一无二单属于她的。当然大学也喜欢过其他女孩，也谈过一次不成功的恋爱，生活就这样平淡无奇地下去。大学毕业，工作很不好找，去过很多城市，来回折腾。日益增多的现实烦恼，充塞着内心。夏阳也渐渐地不怎么去想她了。

四

　　没想到又一次能见到她，真是不可思议。赵君雅。赵君雅。夏阳又一次默念起这个名字。问起赵君雅现在做什么，胡珍珍说："她在服务台里工作，就是那种接客户投诉的……"想了片刻，胡珍珍又接着说："她和她男朋友也快结婚了吧，上次见到他们是半年前的事情了。大家都各自忙各自的，虽说是在一个城市，见面的次数也少。"夏阳默默点头，一路上再也没有多说话。胡珍珍大概觉得夏阳是累了，便也沉默了。夏阳内心觉得抱歉，论理是该好好感谢胡珍珍的，这一次他在武汉丢了工作，要应聘的新公司在这个城市，也是辗转知道胡珍珍在此地工作，便麻烦她帮忙租房子。可是他此刻提不起兴致，脑子里昏沉沉的。

到了镇上，胡珍珍带夏阳去看了看她帮忙找的出租屋，又带他去市场购买一些日常生活用品。街道旁两排杂货店人头攒动，而夏阳的心思全然没有在购物上。夏阳很想问胡珍珍很多关于赵君雅的问题。胡珍珍当初跟她是那么要好的朋友，两人常常在学校同进同出。可恨没有勇气问出口。一切忙毕，胡珍珍让他休息一下，便回到自己的住处。她租的房子离夏阳的只隔了几栋房子。走的时候，胡珍珍给赵君雅发了微信，告知他们已经到了镇上。夏阳心里有些怪胡珍珍太过着急，自己这副落魄的样子，不想让她看到。可是这种怪也是毫无道理可言的，在心底他又急切地盼着她到来。本来是想睡一觉的，可是怎么也睡不着。夏阳下楼去理发店理了头发，回来后又把自己最好的一套衣服给换上。天一点点黑下来，窗外的喧哗声渐渐地消散。他坐立不安地在房间里踱步。

胡珍珍打电话过来，说赵君雅已经到了。夏阳连忙说好，下楼，跟等在下面的胡珍珍会合，沿着城中村的水泥路往前疾走。胡珍珍笑道，"不用这么赶。很近的。"夏阳不好意思地笑笑，脚步慢了下来。到了约定的饭馆，夏阳的心跳得厉害，透过玻璃门，明亮的灯光下，一下子就看到了她：她依旧是瘦长的，扎着马尾辫，脸比初中时苍老憔悴了好多，没有戴眼镜。胡珍珍走了进去，叫了她一声，她立马起身，笑盈盈地说："你又瘦了！"胡珍珍笑着拉起她的手，"你也瘦了不少嘛。"夏阳悄悄地走了过来，等在一旁。赵君雅的眼光笼了过来，夏阳想开口说话，喉咙发紧，出不来声，只好干笑。胡珍珍忙招呼道，"小雅，你的同桌——夏阳！"赵君雅笑着冲夏阳点头，"没多大变化嘛！"

等餐的时候，三人坐下来聊闲天。赵君雅问夏阳打算应聘的是什么工作，夏阳说广告文案方面的。赵君雅点头笑道,"适合你。你是才子,文笔这么好,写广告软文肯定是没问题的。"夏阳问她现在的工作如何,她摇摇头,"一天到晚,客户的投诉电话不断。"胡珍珍问有什么样的投诉,赵君雅一口气说了好多奇葩的事情。饭馆里,吃饭的人很多,你呼我喊,斗酒打拳。她的声音太小,夏阳听不太真,但是夏阳可以看她的脸,她低头夹菜的样子,她歪着头说话的样子。这一切其实跟初中时一样,仿佛中间这些年都可以忽略不计,而他们还是同桌。

吃完饭,赵君雅请夏阳和胡珍珍去KTV唱歌。夏阳和胡珍珍都五音不全,勉强唱了几首就不唱了,主要还是听她唱。都是些老歌,她唱完《心雨》又唱《千里之外》,一首接一首。胡珍珍因为晚上要去值班,便先走一步。包间的灯光昏暗,夏阳坐在沙发的角落,一点点啃着软掉的爆米花。她的声音逐渐变成夏阳熟悉的样子,清亮,有穿透力,歌曲到了她的口中都变得有力起来。唱歌的时候她一直站着,腰板挺直,现在唱累了,坐了下来,不好意思地冲夏阳笑了笑:"本来是请你们唱的,结果变成我在唱了。"夏阳忙摇手说:"没关系的,我喜欢听你唱歌。"她把麦克风递给夏阳,"你一定要唱一首!要不我真的不好意思咯。"夏阳推脱不掉,只好接过来,唱了一首《梅花三弄》,调子都不知道跑哪里去了。

夏阳唱完后,转身去看赵君雅,她陷在沙发里,闭着眼睛,像是要被疲惫给击垮了。夏阳尖着嗓子学她:"亲爱的同学们——"说到"的"时停顿了一下,她的眼睛一下子睁开看着夏阳。夏阳继续说:"下面我们要收听的是——是什么?"夏阳问她,她笑着说:"《明天会更好》!"夏阳便跑去点了一首《明天会更好》,让她跟自己一起合唱。之前的距离感,一下子没有了。唱完后,赵君雅问夏阳:"你居然还记得?"夏阳点点头说:"是的咯,每天上学路上,都是听你的广播。"她嘴角翘起,笑问:"你还记得什么?"夏阳说:"你最爱放那个《神秘花园》。"她点头说:"我那时候很喜欢,就经常放。别的同学都说,听得要死人,我还是不肯换。"她又问:"你还记得什么?"她的眼睛直视着夏阳,让夏阳想起她以前看老师时的认真神情,心里莫名地有些发虚,便说只记得这些了。

唱完歌走出来,空气清冷,街道上垃圾都来不及清理,堆在路边。夏阳送她去公交车站。天上月亮半圆,薄云缕缕,他们的影子在地面缩短又拖长,有时分开,有时交会。

她忽然说起初中的事情，"我初中的时候喜欢上一个人。"夏阳问她："是山鸡？"她笑着摇头："不是他，是别的学校的人。"夏阳点点头，她继续说："有一次市里的数学竞赛，学校派我去参加，他也去了。我们小学是同学，他跟我是前后桌，后来上了不同的初中。那次竞赛，我又一次碰到他，就很明白自己喜欢上了他。他也喜欢我。我们时常写信，说一些现在看起来很蠢的话。这些信后来被我们班主任知道了，他没经过我同意，就私自拆开了我的信，这个让我特别生气，就跟他争辩了几句……"她顿了顿，接着说："虽然老师都很喜欢我，但我实在不喜欢他们这种方式。初三，我就转学到他那所中学去了。我们考上了同一所高中，考大学我们去了不同的城市，分分合合很多次，大学毕业后我们还是在一起了。"夏阳小心地问："你现在的男朋友就是他吗？"她点点头，"但他妈妈一直以来都不喜欢我，她觉得是因为我跟她儿子早恋，才害得她儿子没有考上好学校，现在工作不如意也怪我。"夏阳"嗯"了一声，小声地问了一句，"那你们打算什么时候结婚？"赵君雅偏偏头，"计划是过年的时候。房子已经买了，装修弄好，添置家具，怎么着也得到那个时候了。"风吹得脸疼，夏阳伸手去搓。赵君雅问他，"是不是很冷?"夏阳低头回,"不冷。那……恭喜你。"赵君雅笑笑,"我婚礼的时候,你要来。毕竟都在一个城市了。"夏阳点点头,"当然会来的。"

不知不觉就到了公交车站。他们一边艰难地找话题一边等车。风吹得人很冷,赵君雅跺脚搓手,夏阳也缩着脖子。赵君雅说:"冬天马上要来咯,今天早上还看到打霜了。"说到这里,她忽然笑了起来:"我记起来了,初二的时候你写过一篇《余音》是吧?"夏阳点头,"很傻的作文啦!"赵君雅噗地一声笑说,"我很喜欢!你不要太谦虚了。你还在写东西吗?"见夏阳说还在写,她点点头,"你初中时写东西,我就很爱看。我跟你说过没有?"夏阳摇头,"我们说话很少的。"她微微一笑:"怪我,同桌这么久,没说过几句话,那时候心思都不在那个教室。"正说着,公交车开过来了,她伸手过来,夏阳迟疑了一下,还是握住,她的手冰冰凉的。"坚持写咯,我相信你会有出息的。"她笑着说,上车前又补了一句,"记得把我也写进去,可以吗?"夏阳大声地说:"可以!"她上车找到座位后,便向夏阳招手,夏阳也跟她招手。

车子开远后,夏阳往出租屋那边走。一只白色塑料袋先在地上翻滚了几圈,一下子飞到天上去,紧接着挂在树桠上张开袋口。夏阳想起那次元旦晚会上,她穿着白裙子从舞台后面款款走到中间来的场景:她的身子罩在雪亮的光之中,双手翩然舞动,眼睛灼灼发亮。因为记忆太过深刻,夏阳都能想起那时的每一个细节。反正街上没人,夏阳也伸开双手学她的样子,蹦跶了两下,又觉得自己好蠢,便又继续往前走。不一会儿,她发来语音说:"来得太匆忙,没有好好招待你。以后只要有需要帮忙的地方,跟我说一声就好。多保重!"这是她发给夏阳的第一条语音,夏阳贴在耳边听了一遍又一遍,隔了好久,他才回复了她:"好。你也多多保重。"回去的路走起来分外漫长,风吹过时,叶子如落雨一般。衣服穿得太少,身子冻透了。冬天,看来真的是到了。

逃　遁

陈思安

陈思安 小说家、诗人、戏剧编剧、导演。出版短篇小说集《冒牌人生》《活食》《体内火焰》。

吴媛因她个人的困惑而非课业的疑难敲开我办公室的门，这还是第一次。相信她在决定选择我作为咨询（或说倾诉）对象之前，必然已经历过大量的挣扎和心理建设，然而企图保持平淡镇定叙说的努力在不到十分钟内即宣告失败，她体内狂暴旋转的飓风也将我掳入其中，我不得不通过双手抓紧旋转座椅的把手来固定自己的身体，尽力保持坐着的姿态。有那么三五分钟的时间，我得承认自己被怨怼的情绪紧紧攥住，无法理解这个两个学年都未曾跟我谈过一句家事的陌生学生怎么可以这样无情地偷袭我。我毫无准备，一时也说不出"我的人生经验对你而言并无参考价值"这样轻飘飘的话，包裹在稀薄嘴唇下的牙齿碾成一团吱嘎作响，指节也因紧攥座椅把手而不时吐出咔咔的脆音。

她为什么会选择我。因为我是她的研究生导师，还是因为我也是一个女人，还是两者皆是。想到有人竟希望让我（我？！！）给出一些除学术以外的人生指南我不禁恐惧得浑身发抖，面前正对着大门的路已被她挡住，我在考虑是否转身打开窗户跳出窗外逃生。毕竟只是二楼，落地姿势注意些的话不存在摔死的可能性。崴到脚的可能性就比较高，恰好可以迅速转移注意力。是什么让我逐渐平静下来的？大概是从她说话的神态吸引住了我开始吧。她的上下眼皮之间持续含着一包水，稳稳当当地卡在眼眶之中，随着她每次讲话蹦出的高音而不断波动、震颤，随着她眼神的流转折射入不同的景物，却始终没有跌落下来。似乎一旦这包水跌下来了，她所有的心事即全部得解，也因此她绝不会在自己尚未有清晰结果之前纵容这两包水滚散到他处。

老师啊老师，这篇论文唤起了我深深的精神痛苦，我怕是真的坚持不下去了。她眼眶中持续翻滚的那两包水随着"去了"话音刚落，恰到好处地跌向裤脚化成黯淡不清的水渍。我身体的颤抖顿时从皮肤里挤出去了一半。原来就是这么回事。原来只是论文写不下去了。太好了太好了。我连忙摇手，没关系没关系，学期论文而已又不是毕业论文，改题好了没问题的。我错误地估计了形势。她体内狂卷的飓风并没有随着课业的减负而消解，眼眶被狂风吹散了闸门，透明的体液倾巢而出，仿佛她的身体是一只包裹着人皮的榨汁机，源源不断地将五脏六腑榨出汁水来甩入空气中。我原本稳固安全可靠的办公室里的空气中。

不写也行！我慌不择路地站起身，向着窗户挪蹭过去。可恶！窗户上居然封着无法拉开的纱窗，这是什么可怕的学校，居然给窗户封上拉不开的纱窗！刚从身体里挤出去的颤抖又从皮肤的纹路里一点点挤了回来，还带着被空调降了温的寒气。我伸出右手，用尽量不引人注意的微小幅度，抠着纱窗底部跟窗户粘接在一起的部分。

老师啊老师都快一百年了男人们怎么好像还是想不出来什么更新鲜的借口来摆脱情感的负担呢？贞操是王八蛋，悔恨是狗屎，激情是春药，生活是累赘，一百年了怎么都想不出来点更新鲜的呢！你说说这一切跟爱情有关吗显而易见吧显而易见地跟爱情无关吧！

抠纱窗的动作停顿了三秒钟。惊喜和恐慌在这三秒钟里轮番拎拔我的头发。没看出来啊，我的笨学生之一吴媛居然偶尔也能闪电劈头一样说出点明白话来。完蛋了，这是要跟我谈论爱情吗。完蛋。优雅是不必要的了，我抠纱窗的动作幅度变大了起来。

太残酷了，老师，真的是太残酷了。明明是两个人的事，为什么偏偏只有我要对所谓的激情消逝来负责任呢？老师啊，我真的不是想逃避学期论文，我是真的下不去手。这篇小说我简直没法看，一看就要哭一整天，不信您可以看看我的书，湿得都晾不干了一碰就掉一块儿。这简直就是在写我的故事啊。什么什么就人必生活着，爱才有所附丽？狗屁！不就是贫贱夫妻百事哀的变体吗，有什么新鲜的？什么什么就不爱了，免得一起灭亡吧，我呸！残酷的根本就不是生活的压榨，残酷的是这些说法本身吧！残酷可不分男女，生活也不挑着人压榨，怎么就他受不了呢，一个人得多无能才能想得出这些老掉牙了的说法！

笨学生体内的榨汁机上升到了颅内，飞速旋转的刀片儿呱唧呱唧把大脑切片打浆，她融化在脑子里的那些看过的没看过的书都被摔打破壁搅成糊状，喷薄向不再安全的空气里。我停止了抠纱窗的动作。嗯，这个事儿，有点意思了。我挪蹭着向吴媛走过去，心里盘算着下一步动作，该拍拍她的肩膀还是拍拍她的手，该递张纸巾还是故作淡然地看着她就好。她倒比我先慌了起来，大概是刚刚意识到自己说了什么不该说的话。

对不起对不起对不起老师，我居然当着您的面爆粗口，我太不该了，还说那么多废话对不起对不起对不起老师。没事没事没事吴媛，不算废话，我觉得你说得还不错，仔细梳理一下观点，基本就可以写学期论文了。真的吗老师，我就是太难受了，就这么愣愣地冒昧跑来找您哭诉，我跟他，刚刚分手。

原本翻滚在吴媛肿大眼泡儿里的一丝灵光就在这一倏忽间灭失了。简直比打个嗝放个屁还要快。我刚伸出去打算要拍拍她肩膀的手悬了空，耽搁片刻还是收回来了。可恶，怎么就坐在她身边儿了呢，现在要是突然站起来就会显得很奇怪了。不过现在空间位置发生了变转，大门就在我左手边。

老师，您是不是觉得我对大师有什么意见？我知道您最喜欢大师了，我得声明，我对大师本人没有任何意见，我爱大师爱得要死，恨不得每天拿他的书当枕头垫着睡。我就是，太难受了。

笨学生的膝头摊开放着大师的书。大师招谁惹谁了，要被这样对待。我心疼。我伸手拿过她膝头大师的书，翻开脆巴巴湿哒哒的护封，我靠，居然是人文社73年的一版一印，学校图书馆的馆藏书，你妈的小兔崽子！我这气真是不打一处来。自己去网上买一本新书来哭好不好，对着你电脑里的电子版哭到键盘上好不好，干吗非得哭到我的一版一印上来！

好了早点回去吧，这篇学期论文不用写了，我直接给你过。我捧着我的一版一印走到写字台后边坐下，打开台灯小心翻阅，看看有没有破损的地方能否及时补救。笨学生愈发蠢气四射，完全没有意识到我的怒气已经顶到了扁桃体。谢谢老师的理解，其实冷静的时候我也能理解，他从来都是个有反抗精神的人，什么都束缚不住他，也许他就是这样一个人罢。

反抗精神？反抗？精神？束缚？这样一个人？这些邪恶的字眼儿钻进我的鼻孔里，呛得我连打了五个震天响的喷嚏。已经埋死在脑波坟墓里的那具僵尸扒拉着黄土想要往外爬，半只手三根手指头已经伸出了土。不行不行不行不行，不能让他爬出来。我闭上双眼潜入自己的颅内，在茫茫坟穴中定位到他，扑过去一脚两脚三脚四脚把他伸出来的手指头踹回坟土里。哈，哈哈，哈哈哈，历史还真是惊人的相似是吧。

你还记不记得。我忽地睁开眼，张开嘴用扁桃体对着她。上学期我们做过的那个"写作作为疗愈"的论文专题？她茫然地点头，记得老师。我知道你现在的感觉是有些痛苦，但你可以换个思路啊。她眨着干巴巴的眼睛，您是说，让我把这次论文的写作，当作是一次自我疗愈吗。我真是太邪恶了，不过头冒傻气的笨学生并没有能力去发现这一点。当然，就像我刚才说的，你还是可以不写的，这门课我给你直接过，但如果你换个思路呢，也许克服掉这些情绪上的困难，理性地分析文本，顺带也就理性地分析了一切嘛，等你写完，这件事就不再困扰你了。

我把头埋在我的一版一印里，不时翻起个眼皮偷瞄一眼吴媛。困惑的积雨云夹杂着纠结的雷电在她头顶上盘盘绕绕反复纠缠，颗粒状的荷尔蒙不断摩擦着浅薄如丝的智慧，用不了多久，就会有黑色的小孩子们从积雨云彩里跌出来扑到她身上。

好的老师，我听您的，您说的有道理。笨学生思忖许久，下定决心般地站起身来，肿大的眼泡儿里没有一丝光彩，一波波黑色的小孩子扑簌在她袖子上裤脚上书袋上，再想抖落是抖落不掉的了。那你回去写吧，有什么问题随时来找我，这本书我替你还给图书馆，写论文上网找电子版就好了。我伸手护住我的一版一印，催促她尽快离开我的办公室。

何必呢。干吗呢。图什么呢。深夜的肃静爬山虎似的一块块攀附上卧室四壁的书架子，肃静蒸发出来的气味拱得我的鼻子孔一个劲儿地发痒痒，喷嚏又始终打不出来。我翻来覆去睡不着觉，努力在黑暗里跟自己的内在精神世界进行点遮遮掩掩的交流。笨学生虽然笨，毕竟还算是乖的，应该放她一马，还疗愈什么狗屁疗愈。写作真能疗愈还会有那么多作家学者排着队跳江跳楼跳池塘吗。是报复她哭毁了我的一版一印吗，还是气她趁我不备拿自己的私情来偷袭我，还是还是还是什么。那个男人。颅内坟场里的僵尸。又一个男人。

文字和词语是不要脸的寄生虫。白天被人喷射出来随着空气叮到我的皮肤上，晚上趁着夜的肃静就顺着皮肤钻进肉里，顺着血管流向全身。我被一些寄生虫叮住了。残酷。激情。附丽。反抗。束缚。它们在咬我呢。臭不要脸的寄生虫。身体像发烧似的热起来，怎么突然这么热了。反抗。反抗。反抗。他妈的，现在还有什么人能觍着脸皮把这个词喷进空气里？到底是个什么人。寄生虫。

已经多久没有再想起我那具僵尸了。埋得好好的，藏在望不到边的大坟场里。那么多的墓穴，他又算个屁，不过是沧海一粟顷林一叶，算个屁！难道我的策略出了问题？不会不会不会。他们的借口总是一样一样的。又是好一场"启蒙"。唯一启开了的蒙，不过是提升了对谎言的辨识能力。寄生虫。

这些寄生虫咬在我身体里好几天，还是没有随着屎尿大姨妈排除出体外。情况比较少见。这件事儿愈发令我不安起来。那个人。那个男人。那个来路不明的男人。那个来路不明引诱了我的笨学生的男人。吴媛好几天都没有音讯，消息邮件也没发过，难道真的埋头写论文去了？真是笨得让我脚趾头疼。到底是谁。中文系的男研究生和博士少得比食堂西红柿炒鸡蛋里的鸡蛋还要罕见，我已经在心里挨个排查了个遍。丑不要紧，穷也不是妨碍，矮也不算问题，就连才华欠奉都勉强能接受，可是反抗，反抗！只这一条他们就全部死掉了。到底是谁。我晃荡在研究生院宿舍楼下的树荫里，脚底下踩着烂树叶死蚯蚓空蝉壳断树杈，咯吱咯吱的声音伴奏着我大脑里寄生虫唧唧唧唧的冥想曲。

吴媛拎着书袋从宿舍楼里走了出来，两眼无光头发凌乱衬衫下摆没有掖好随着走路时屁股的律动啪嗒啪嗒拍着身体。唉，又一个被文学吊销了青春的家伙。图书馆离宿舍楼只有五分钟的步行距离，她居然走了十三分钟出来，你的精气神儿呢青年！就你这个全身发霉了的样子，别说男人了，就连文学也看不上你啊！真是让我气不打一处来。不过算了，不能太计较。我焦急地等待着这十三分钟里能有一个男人的身影冲到她面前，咆哮也好对打也好甩耳光也好哭哭啼啼也好，只要能露出他的原形来。可惜，一路上空无一人。我要是能做主，就让所有不跑图书馆的学生统统肄业。完蛋。读书不上心，谈恋爱不上心，活着也不上心。完蛋。

吴媛跌跌撞撞地坐在图书馆书桌前，把笔记本、笔、电脑、电子笔、iPad、手机一一摆好在案头，然后开始了长达二十四分钟三十三秒的愣神儿。简直令人发指啊。令人发指。我读研究生的时候，去卫生间拉屎都要带一本书看，看书看出了肾盂肾炎，现在的学生，真是，令人发指。我来来回回于书架和书架之间，尿意袭来又消退，消退复又袭来，吴媛居然还不挪窝。就在我打起退堂鼓准备回办公室继续自己的工作时，她终于站起身，走进书架里去找书了。机会来了！她的身影甫一吞没在书架间，我便如猎犬般冲到她的桌前，抓起她的手机。可恶！有密码！屏保居然是四只粉红色穿着人类衣服的猪，并没有任何男人的踪影。早该想到是这样了，但不能就这样放弃，应该试试笨学生的生日数字是不是密码。可恶！我怎么知道她哪天生日？！

老师？吴媛的声音刀子一样从我腰后捅过来，我肾子一凉，手机扑通掉在桌面上。我双手攀住桌沿，地板海浪般上下翻滚，我感到恶心晕眩喉头泛酸。老师！吴媛的声音欢快起来,您也来图书馆啊,我还以为图书馆的书您家里都有呢。哦哈,哈嗷,哈哈。桌沿快要撑不住身体的重量了,我拉过一把椅子,小心翼翼地把不断旋转的身体置放在椅子上。

论文进展如何啊。我擦了擦汗,背过手去悄悄地把她的手机摆正。进展很顺利老师,我找到了几个特别好的方向!吴媛似乎全然没有觉察到我的秘密行动,脚下的地板稍微安歇下雀跃的涌动。很好,很好,我们可以谈谈你的方向。好的老师!去我办公室谈吧,不要打扰其他同学。我们俩一起环顾了一下四周,中文馆藏整层只有我们两个人。

走向办公室的路上,那四只粉红色的猪占据了我全部的思考力。吴媛路上一直在叨叨叨地说着什么,我一句也没有听清楚。为什么是猪。为什么是粉红色的。为什么穿着人类的衣服。为什么是四只。为什么还有一只戴着眼镜。为什么它们都用两只脚站立。所以他们是戴着猪面具的四个粉红色的人?所以粉红色的人都是猪?还是所以粉红色的猪都是人?这些隐喻了什么,跟笨学生现在的精神世界有何关联?

太可怕了,世上尽是些我还不知道的事儿。

老师,这几天我查了很多资料,构思了三个主要方向,您看看哪个比较好。只坐定了半拉屁股吴媛便迫不及待邀功似的抢声说道。好，你展开讲讲。吴媛坐直身体，稀里哗啦地翻开笔记本。

第一个方向，我打算从女性主义角度来分析关于小说里"新女性"启蒙的论点。所谓"我是我自己的，他们谁也没有干涉我的权力"这样看似启蒙的话语，不过是男性赋予女性的文化想象，然而小说里整个故事下来，能看到的只是这种想象的彻底覆灭和错位不得体。说白了，女人抛家舍业不顾一切要跟男人在一起的时候就叫"掌握自己命运"了，男人但凡过得不顺遂女人就成了"只知道捶着一个人的衣角""只得一同灭亡"了。

很好的观察，不过类似的论文已经堆成山了。

那第二个方向好了。第二个，我打算从情爱架构和对抗架构的同构对比中来分析。他们两个之间既有情爱，也有对抗。男人要自由，女人要爱情，可一旦男人的"自由"遭遇危机，爱情幻梦也就随之破碎成渣。所谓"自由"，不过是男性世界的专属权利，女性不过是男性精神狂欢的欲望对象罢了。也就是说，女人有疯狂爱上男人的自由，却没有忤逆男人渴望的自由，男人主动地有无限的自由包括随时抛弃女人的自由，女人被动地有部分的自由包括被抛弃以后乖乖离开的自由。

也还可以,但跟一篇高引用论文略微撞题了,跟你第一个方向也有重复。

……那您再听听我的第三个方向。这一切根本就跟爱无关,不过是男人假爱之名来转嫁自己的精神危机!世界上存在那么多那么多的问题,他的生计,他的精神困扰,国家的变局,时代的动荡,所有的问题他都无力解决,便通过逃遁到爱情里来回避精神世界的崩溃,因此,本质上这与爱情毫无关联。当他发现即便在"爱"中也逃无可逃时,便是他们关系的覆灭之时。他不过,是一个,自我精神世界的逃遁者。

再次泼冷水的话哽在我的喉咙里,黏痰似的顶到舌根又咽回食管,又顶回到舌根再被咽回食管。上下滚动了几回滚得我都犯恶心了,我最终决定把这口痰给咽进肚子里。笨学生毕竟只是个研究生而已。看得出来,失恋的打击已经小幅度地提升了她的学术水平和认知能力。勉强这样了吧。我清了清喉咙,那个,先按这第三个方向写写看吧,有了初稿我们再继续讨论。

吴媛脸上绽开昙花状的笑容,抓起钢笔在笔记本上画了两个大大的叉和一个大大的钩,随后哗啦哗啦地把笔记本装进包包里。不好,她这是准备要走了吗。不行,矜持是没有必要的了,矜持不会助你晚上安然入睡,必须拿出毕生积攒的社交能力来套她个话,否则今晚的睡眠又要喂给狼了。

所以,那个,就是说,怎么说呢,可不就是,看来,这个,因此,可以说,那个,你那个分了手的男朋友,是吧,怎么说呢,嗯嗯,所以,这个,男朋友,是吧,他是那个,是吧,怎么说呢,嗨,什么人,所以,就是,具体是个什么,对吧,那个,大概情况,是吧。

吴媛的脸皮像是敷着一层硬壳儿,板板正正地没有波动。老师,您是想问,我那个分了手的男朋友是个什么样的人是吧。她的嗓音也仿佛是套上了一层硬壳儿了。她整个人都立起了刺,警戒起来。哈,我就知道有蹊跷!

啊,对,我点点头。想要冲过去用手抠掉她脸上那层硬壳儿的冲动臭虫一样拱着我的脚底板,痒死了,简直痒死了,人脸上怎么能有壳儿呢,都翘开了边角儿了,一抠就能扑扑簌簌地掉皮下来。

他就是个挺普通的人,老师,比我大几岁,已经上班了,不过那份工作对他来说也就是个饭碗而已,他有大志向,以他的能力他的学问，他将来注定是个不凡的人。

臭虫还在我脚底板拱来拱去，不止是痒，现在开始有点疼了，臭虫要吸我的血，脚底板的血也是我的血啊。人脸上怎么能有壳儿呢。真没想到。真没想到我的笨学生也是个脸上有壳儿的人。那四只粉红色的猪又是怎么回事。这一切肯定都是有关联的。大志向、不凡、饭碗、普通。不凡，呵呵，不凡！

我站起身来，在办公室里一圈一圈地绕着走，每一步都狠狠下脚，用力蹍磨。让你咬我，还吸我的血，死臭虫！这件事必定大有蹊跷，笨学生居然跟我板起了有壳儿的脸来了。我的直觉没有错，这个男人必定大有蹊跷。本来那些寄生虫已经够我受的了，现在可倒好，又来了吸血臭虫，可倒好！可恶，我必须解决这件事，现在就得解决，不然就不是睡不好觉的问题了。还有那四只粉红色的猪。

你最后构想的论题方向非常好，顺着这个方向好好写，我相信这会是一篇很优秀的论文。我一边蹍着脚底板下的臭虫一边对吴媛说。她的眼睛立刻亮了起来，脸上的硬壳儿几乎要撑破了。哼，且让你得意一番吧，带了她两年四个学期，像"非常好""优秀"这样的字眼，她还从未在我嘴里听到过一回。

真的吗老师？！嗯嗯，逃遁者，本质不是爱，什么什么的，把握得很不错。谢谢老师，我会好好写的！怎么样，对于我之前说的，理性地分析文本，也就理性地分析了一切，是不是对于你个人的感情问题也有所帮助？

完蛋！结论还是给出得有点迅猛了，起承转合的推导做得还不太够，笨学生脸上刚破了点缝儿的壳儿又缓缓收拢起来。学问还是不够到位啊，节奏也是学问的一部分，我轻轻叹口气。

是有些帮助的，就是这结论有点伤人，老师，你说他真的就是这样吗，他也只是一个逃遁者，并没有爱过我？这个我怎么好臆测呢，我又不了解你们之间的事儿，还是你们自己最了解你们之间的事儿吧。她的五官缓缓地皱缩在一起，越皱越紧，越皱越紧，脸上的硬壳儿被挤得裂开了碎块儿噼噼啪啪带着声响儿地向下掉落。

老师您说得对，我不该问您，我还不如去问他。

脚底板下最后一只臭虫噗叽一声被我狠狠踩碎，我停下来回逡巡的脚步，颅内放起一阵红黄相间的微型烟花，庆祝这个小小的胜利。吴媛稀里哗啦地收拾了一阵书和笔记本，一颠一颠地离开了我的办公室。来不及庆祝更多的胜利了，我尾随笨学生走出办公楼，始终跟在距离她五十米左右的地方，监视着她的举动。她绕过办公楼，蹲在墙角哭了五分零七秒，站起身，走到操场，沿着四百米塑胶跑道蹓跶了三圈半，走进食堂，打了一份醋熘土豆丝一份蒜薹炒肉片二两米饭，磨蹭了二十七分钟吃了不到五分之一，倒掉剩菜剩饭走出食堂，绕着人工湖走了一圈，坐在湖边长椅上打了个时长四分四十九秒的电话，走到体育馆外，绕着体育馆走了大半圈，走到体育馆后门荫庇处，站住不动了。又过了十二分二十秒，我看到我的同事开着他那辆破破烂烂的〇四年款黑色捷达停在了她面前。同事下车，两人开始交谈，两分十六秒后她忽然拉扯着同事的衣领前后推拽像是试图从存钱罐里摇晃出来去年春节存的压岁钱花剩下的最后几毛硬币。同事被摇了十秒钟左右忽然抱住了她，她在他怀里迟钝了三秒钟后将同事推开，两人继续交谈，一分零四秒后她伸出右手攥成拳头猛捶同事胸口，同事被捶了七次以后抓住了她的右手拉她上车，她象征性地半推半就了六秒钟随后自己拉开副驾驶车门坐上捷达，两人坐在车上交谈了二十二秒后同事驾车离开。

真是极大的浪费啊。我呆站在一根与我身形相仿恰好形成遮挡的双杠背后感慨。极大的浪费。至少四十九个小时的工作时，三十七个半小时的睡眠时，还有将近一小时二十分钟的休息时间，最后就让我看这个？四十九个小时！我能看多少书，能写多少字！可怕。暴殄天物级别的浪费。浪费生命的折磨感跟终于解脱的释然搅合在一起泡着我的脚踝。据说人的所有哀伤都聚集在脚踝，现在我的脚踝，正聚拢起大于一吨半浪费了生命的哀伤。

我的好同事，他，他甚至没有写出过一篇具有原创性观点的论文，一篇都没有！他发表的所有核心期刊都是拜托他的导师帮忙解决的！每次开会时他的发言都又臭又长让所有人昏昏欲睡！他迄今为止最大的学术成就就是读了他导师的博士生！他能留校难道是因为他有才华吗，我呸！不过我想以笨学生的智商和学术水平是理解不了这些的，估计理解了她也不在乎吧。

什么反抗，什么不凡，什么饭碗，我呸！我的好同事啊，能看到他反抗得最带劲的事儿大概就是抗议工资涨得不够快房子怎么还没分到他吧。还真是又一场好启蒙。始乱终弃的故事烂了大街，"揽裙脱丝履，举身赴清池"不新鲜，"抱持宝匣，向江心一跳"也不新鲜，不过又是些有女怀春吉士诱之的狗屁戏码。我还能说些什么？让人迷恋上的不是人，是知识，是假装掌握了知识的人，有这么大劲头，到底能不能先去迷恋一下知识本身啊？简直让我脑仁子疼。我没指望笨学生学我一样把臭男人埋进颅内坟场里然后自己轻身前行，但也不至于是现在这样吧！还是大师说得好，最残酷的莫过于梦醒之后，无路可走。好了重点来了，以前的问题是做了梦不敢醒，现在的问题是人家连梦都懒得做了，胡乱刮拉来什么以次充好的都填进大脑里去，当它是个梦罢了。还精神世界的逃遁者，要向哪里逃？怎么逃？逃得掉吗？你又真的有精神世界吗？真是笑死个人了哈哈哈哈哈。还愣在这儿干什么呢？还不赶紧回去看书啊。我拽起自己沉重的脚踝，向办公室走去。生活啊，还真是无聊。看来唯一值得庆幸的是，身体里的寄生虫跟臭虫们一举灭亡。总算是消停了。

恢复平静的生活真是美好啊。每天看书，写作，看书，上课，看书，睡觉，没有了任何烦恼，连肠子都复苏了活力，每天都积极清理出体内的毒素，回想一下前几日，竟为了那么无聊的事情而好几天拉不出屎来，真是，无语。笨学生的感情事跟她的论文一道被我丢进了脑沟褶皱深渊里的坟穴中，以至于当她主动提出来要再跟我"谈谈论文"时，我的第一反应竟是难道她想来跟我探讨一下我正写着的论文？她叽叽呱呱在电话里讲了快三分钟我才回忆起来她还有篇论文要交的事情，自然也就连带着回忆起了她竟让我浪费了四十九个工作时的可怕事件。四十九个小时啊，我能看多少书！嫌恶感平地而起，我冷冷地要求她把观点整理好发到我邮箱，她却出乎我意料地坚定要求见面来谈，因为她的论文方向"有重大转向"。我满腹狐疑，"重大转向"，能有多重大？玻璃弹珠那么重大，还是压酸菜缸的石头那么重大。也罢也罢，谁叫我摊上了呢，再重大的压酸菜的石头也得扛起来。扛吧！

当吴媛神采奕奕笑逐颜开地推开我办公室的门，我吓得一把攥紧手里面的书本。这是谁，这是我的笨学生吴媛吗？！她周身散发着柔和而闪耀的光芒，我简直没有见过她身上的白衬衫那么白的白色，也没有见过她脚下的红球鞋那么红的红色。她一抬手就泼洒出一道彩虹般的香气，一张口就吐出一条玫瑰花的花环。要不是她脸上的脸皮还是吴媛的脸皮，我几乎不敢认她作学生。细看看，她的脸皮居然都比几日前滑嫩了几倍白皙了一番。我手里的书本被我攥疼得喊出了声儿来,我慌忙把书丢到了一边儿。

那个,是吧,所以呢,你那个,转向,不是,对吧,因此,论文呢,是吧,这个,可以说,是吧,酸菜缸,不是不是,对吧,怎么说呢,嗯嗯,所以,这个,重大,可以,好吧,所以呢,那个,嗨,怎么说呢,行吧,你说说。

好的老师,那我就说说我最新的想法。是这样的,我觉得我前段时间可能是因为太过沉浸在自己的情绪痛苦当中了,所以想出来的几个方向都偏激了一些,我觉得不太合适。甚至可以说,太不合适了。

哈,偏激?

是啊老师,偏激,太偏激了,偏激的方向怎么能做出好学问呢?经过这几日的沉淀,我总算是想到了一个更好的方向,所以赶紧过来跟您商量一下。

你说。

当我情绪冷静下来以后重新再读这篇小说,我发现整篇小说都是一个巨大的叙事陷阱啊老师!没错,就是叙事陷阱,大师从一开始架构起的就是一个不可靠的叙述者啊!咱们之前学过的,可靠的叙述者在叙述或行动里,跟作品的思想规范是相吻合的,但不可靠的叙述者则是不吻合的,对不对！如果从这个角度来分析男人的所作所为，那么很多事情就得到解释了。男人说的很多话，都是反话，男人做的很多事情，则是映衬了他内心思考的对立面！您想想，那可是大师啊，他没事儿闲的吗写一个负心汉始乱终弃的无聊故事？不不不，绝对不是这样的，其中大有深意啊！

嗯，学界确实有类似观点的论文……

所以啊老师，我从这个角度重新分析了男人的行为，发现他的选择和情感走向，不是一个单纯的情感问题，也不是什么逃遁和遭遇危机的问题。很明显，一切都埋在小说的线索里了！男人是站在追求生命终极价值的角度来对待人生，以及他和女人的爱情问题的，他是一个真正的"奋斗者"！他对女人的追求和最终放弃，都与他对生命最高意义的追求紧密相连啊老师！如果站在生命最高意义的角度来看，什么爱情，什么生活，什么不舍，都变得不值一提了不是吗？所以我们必须要抛开问题的表皮，去探索男人作为奋斗者的精神内核！

办公室陷入了一片坟场般的死寂。我跟吴嫒展开了拉锯似的沉默竞赛。我不张口，她也不张口。我不动弹，她也不动弹。我不喘气儿，她也不喘气儿。仿佛学术争论毫不重要，谁在这场沉默拉锯赛中败下阵来才是真正的输家。就这样僵持了约十分钟（感觉至少长达三天三夜），我大脑深处忽然有一根琴弦被不知哪里伸出来的手给调得松垮下去。我张开了嘴巴。

那个，你今天，是吧，那个，看起来状态还不错。谢谢老师，我自己也感觉很不错！你那个，所以，是吧，男朋友的事儿，解决了？谢谢老师关心，解决了，也得感谢您！感谢我？是啊，感谢您，要是我最开始沉浸在痛苦里放弃继续这篇论文，那很多事儿我也想不明白了；要是我一直沉浸在偏激的状态里，那很多问题也只会更加偏激下去；要不是您提醒我两个人的事儿需要两个人来解决，那我到现在还深陷在自怨自艾里呢。所以说，得感谢您！那个，所以说，是吧，怎么，解决的呢？我们俩和好了，我甚至能感觉到自己更理解他了，更爱他了。

还真的是压酸菜缸的石头那么重大呢。实际上我从小到大从来没有真的扛起过压酸菜的石头。我就远远看着，已经觉得腰很痛腿很疼胳膊很酸了。真要让我扛起来试试吗？我大概会哭着扑倒在地大喊妈妈妈妈我不要吧。还真是无处可逃呢。唉。我都干了些什么啊。

五月将尽

张玲玲

张玲玲 1986年生于江苏,小说散见于《作家》《十月》《山花》《西湖》《小说选刊》《中篇小说选刊》《中华文学选刊》等。2019年出版小说集《嫉妒》。

但每个五月,不安的树堡群

依然颠荡于成熟的茂密

去年已逝,它们仿佛在说,

重新开始,重新,重新。

——菲利普·拉金《树木们》

五月下旬的青年作家写作班共有二十五个人参与,六个女性,剩下的全是男性,年龄在三十至五十岁之间。对于青年的理解,也许主办方存在偏差,或者只是宽容。部分人有猎艳的想法,部分人则没有。

上课时间为上午九点到十一点半,下午两点半到五点。除去用餐和休息,一天真正耗费在课程上的实际只有五个小时,但不知为何——也许跟天气有着或多或少的联系——每个人都觉得漫长难耐,每个人都在想办法逃课,只有少数几个在课堂上不时记下笔记。其他人认为他们不过是想假借文学,获得名利。虽然没说出来,但中午吃饭的时候,那几个认真记笔记的一桌,其他人则三三两两,组成另一桌。好像存在一道无形有效的阶层屏风。后来另一桌又分散成其他几桌。

这都是后来的。

第一天下午三点,群体的分化还没出现,前来报到的作家们都聚在唯一的会议室内,围圈而坐,漫无目的地聊天,气氛融洽。男作家因事耽搁,迟到了一会,倒数第二个才前来报道。他轻快地推门而入,在一群人中间,在雨天前的鸽灰色光线中,显得容光焕发。他后来也很难解释清楚为何当时满心愉快,仿佛已经预见到一次生命盛典的来临。他注意到女作家就坐在门口的位子上,一身黑衣,个头娇小,面容严肃,像一只不算美丽的雀类,在他想多看一眼的时候,就冷漠地别过头去。他不得不挑了书桌边的位子坐下,装作耐心听讲,并没意识到女作家同样注意到他,快速拍了一张男作家侧脸的照片传给一个远方的女友。她的女友正在一段耗时一年的异地恋爱中(但几乎周围所有朋友都认为他们恋爱至少三年了,这点非常奇怪)精疲力竭,花了一个小时乘坐高铁从杭州赶到上海,又花了一个半小时乘坐地铁到达浦东,加上其余旅途中必要的周转和耗损,导致她下午五点钟出门,晚上九点半才到。但等她到家后,发现男友并没有给她准备晚餐。女友在饥饿和疲劳中无暇仔细打量,口气抑郁地说,没看出来什么特别。这句话在一开始无疑很寻常,女作家也不以为然，但到了后来，它在两人关系中发挥出巨大的作用，远远出乎她的意料。

如何描述两人当时的处境？女作家三十岁，正式写作不到半年。之前她全无自信，可从事这一行当。跟所有读过一些不错的书的人一样，一旦曾经潜心于经典阅读，就能简单判定自己不适合写作。当然她还是偷偷摸摸写了很多年，却不太清楚为什么会被引导到这件事上，更加不清楚为什么会到这个班来。关于写作，她永远想得太多，而写得太少。男作家写了快十年，但是经济和文学处境都半死不活。这年刚开始的一月，似乎有所好转，但他又意识到似乎早年选择的道路快要走到头。他正期待会变得宽阔一些。过去他几乎没错过任何一次免费的写作培训机会。但来此前夕，他正打算将其回绝。但最终没这样做。他在很多事情上都显得优柔寡断。

下午五点半，作家们用完主办方准备的晚餐后，决定再去吃点别的。大家走出培训地的居所后，徒步三公里，去一个小型餐厅。在路上，一个当地作家第一次提到他们身处的地方七十年前曾经发生过一起作家飞机失事事件，说着伸出手指，指向后面一大批黑色山脉中的某一座。手指笔直，像十字架中竖立的那根。大家并不清楚他具体指哪一座，但是所有人都在询问，他不得不又解释了一遍。但是大家还是没能明白。那根夜空中的手指似乎指向了所有，或者所有之中的一种清晰，但是所有又不在他们能够了解的那些之内。大家不说话了，继续往前。沿途有人在马路上晾晒麦穗，不断有重型卡车驶过他们。也有人在焚烧麦秆，飞起的火焰流星，以及黑灰的焦炭气味，很容易让人联想起失事时刻的画面。

男作家走在前面第三个，跟另外一个诗人并排走在一起。女作家和另外一个女作家走在最后，跟众人拉开了相当长的距离，看起来不属于那个团体之内。一根无形的灰线牵连起他们。有人从前方传来半个鸡蛋大小的黑李，怂恿他人吃下去。但一个接一个传了下来，却没人乐意咬上一口。女作家接了过来，尝了一口，发现味道很难用可口来形容。前方为此爆发出一阵大笑。这只莫名其妙的李子正是由男作家在路上随手摘下。

中间有十多米的路程，男作家走得很慢，差点掉到最后几个，差点跟女作家走在一条水平线上。道路狭窄，仅仅能容纳瘦小的三人并行。他总是会碰到另一个女性的胳膊。

他不得不加快步伐，追上大部队。

大家坐在一起吃饭，开始聊天。她问了他一个问题。

"农村女性的地位高吗？"

他笑而不语，似乎觉得问题幼稚且令人厌烦。他说，来之前读过她的小说，没有什么印象，读了两行实在读不下去。之后看了看她的照片，觉得照片还行。

女作家没说话。她之前读过他的小说。旁边开着一家廉价旅店，年轻男女——学生，也许，不断走进，却从未见人走出。旅店开在二楼。也许不会有太多床，被子也很污脏。十字木格窗户对着大街。他写过形形色色的小旅店，那些旅店理应也开着这样的窗子。窗内是他过往十年的一部分生活，正向其洞开。但真人就在她对面。在白烟、酒精、时间以及过分的轻慢中，女作家产生了某种意识上的分离，像把冰凉的啤酒瓶贴在额头，清醒像脱轨的行星一般，骤然远去。

饭局持续了一个小时。他因为生病不能喝酒，而她则因为过敏无法喝酒，所以成了一群醉酒的人当中最清醒的两个。回去的路上麦穗还留在路面，没人收拾走，踩上去咯吱响，人变成了一架摇谷机。他起先和她走在前面，她问了一句，他含糊其词，放缓脚步，仿佛在等其他人。女作家只能独自往前。

到了玩游戏的时刻，僵持的气氛终于轻松起来。他在某个欺诈环节上，忽然悄悄朝她眨了眨眼。她明白了。两人因为保有同一个秘密站到了一起。他为之前的语气道歉，主动要了她别的小说看。她慎重选择了在写的一篇小说的某个章节。

游戏结束。回到房间之后，他并没有打开她的书，而是打算修改自己带来的一叠厚厚的剧本。这个电视剧剧本是受他一个诗人前辈的托付完成的，价格不高，但甚于稿费。他写了五个月，又改了三个月，却没什么思路，打算趁着上课难得的空闲，避开妻女，完成工作。他开始翻看剧本是晚上九点。但是过了两个小时，他还停留在第一集的前几页。出版社让他给自己的新书起个名字。之前他选定的那个被出版人否了。他想了一会，头脑空空，一无所获。工作难以进行。无法判断是否跟此次邂逅相关。他吃力地修改到第三页，第五场戏，主角正带着一把刀，以及一本诗集去试图挽回女友。这在一个关于工厂的故事里几乎是不可能发生的。对白也很文艺腔，这会他还没意识到剧本中更大的问题，比如这里头的警匪故事是否符合影视要求。作为一个编剧新手，这点失误很好理解，但他还有百分之一的侥幸心理，认为还是可能会拍出来。他放下了剧本，询问同寝室的青年男作家在读什么书。他向他展示了科萨塔尔《南方高速》黄灰色拼贴的手绘封皮。他有同样的一本，一直没翻开过。但对方比他年轻不少，他不打算把这个秘密说出来。两人陷入了沉默。十一点半他终于放弃了继续下去的努力，躺在床上没一会就睡着了。

女作家和室友一到房间，就开始为层出不穷的小问题困扰。空调坏了，一直在滴水。这台空调老得不像应该存在于这里。然后室友进到洗手间，跑出来说没有沐浴乳提供，只有被使用过的半块肥皂。她们商量是否得去培训中心唯一的小卖部买点洗漱用品，但是一看时间，已经九点半，只能退而求其次。之后室友发现电水壶壶壁充满水垢，背后的插座没电。两人在干燥和缺水中难以入睡，约定一大早起来就去买矿泉水和其他必备物品。但是直到一点，因为她无意问起的一个未曾看过的电影，室友开始过度细致地复述剧情，她应该在这种缺乏变化的语调里睡着，却出于礼貌打起精神听了下去。没有拧干的毛巾在淋浴房内滴水，空调也在滴水。她确定自己在梦里听见过类似的双重奏。眼下不过从梦境延伸到现实。

早上她醒来的时候，室友已经搬回来两瓶水。女作家迟到了一刻钟，错过了课前集体合影。男作家在人群里短暂找过她，但找过三圈后，只能作罢。值得一提的是，这位女作家在这次写作班的每场集体合影中都非常凑巧地错过。她到了课堂，跟男作家被安排在同一排，中间隔着两位上了年纪、口音浓重的女士。她偷看他的侧脸。早晨时刻人的容貌发生了变化，跟昨天下午迥然不同。但毫不意外——人在下午和清晨，当然得有所不同。

中午吃饭时候他们坐在一起。没有说话。但下课后，当地作家决定组织一次小型的观光，聊尽东道主之谊。女作家建议去看飞机失事地，除了男作家半开玩笑地附和了一句，无人回应。男作家借口要写作，拒绝跟众人一同出游。女作家始终没有弄明白到底是为什么，他忽远忽近的热情和冷漠。

大家在风尘仆仆中看完了一座寺庙和一个历史遗迹，向那片著名的大湖出发，坐船去看湖心岛的一座小亭子。但是船停下之后很难保持平衡，她只能跟着大部队上去。他忽然发来消息，夸赞了新小说（结构的稳定，语言的准确，以及整体的构思)。用词有些过度，但是对于女作家而言，她正缺乏勇气，所以再适合不过。但这会她手机没电了，深感焦躁，希望早点结束，早点回去。但其他人决定吃完晚餐再走。

众人在当地作家的带领下，经过满是灰尘的脚手架，经过一条几乎看不到头的古典长廊（像是兜圈子）、一个方形的水池，看见一群人在脏水里游泳嬉戏。大家终于到达餐厅。其中一个男作家，W，开始跟她聊小说中音乐性的问题。服务员弄错了他们和另外一桌的菜品，他们为了这一失误交涉半天，为此又拖延了半小时。他们换了地方，去酒吧开始接着喝。但是这家酒吧酒的种类似乎短缺得厉害。除了争吵、二手烟草以及黑暗，整个晚上她想不起其他细节。像是一类战后创伤后遗症。毕竟酒吧旋转的灯光和战争炮火一样，都会带来头晕目眩的效果。等到她好不容易熬到九点钟，回到住处，充上电后，发现他说的话就停留在那个时刻，之后并没有再继续。

男作家度过了一个怡人的下午。他看完小说后，独自上山跑步。他的身体一直不佳，总是担忧自己会早死，等不到亲见荣光降临。那位诗人前辈，除了提供了一份工作，还提供了一个中肯的建议：多跑步。过去的半年中他一直在勤勉地遵循这个建议，发现身体确实好转不少。跑完之后他洗了一个澡，感觉身心有种从未有过的愉悦。

今天晚上的游戏到了第二场。这一次游戏玩到十点钟。两人同时发现，心有灵犀的时刻更多了。很多时刻只有他俩才猜得出谜底。但是他们相隔一张直径足有一米八的圆桌，他也不便总是频频跟她眨眼。他拍了她的照片，但是并没有告诉她。十一点，其中一道复杂的谜题引起了大家的反弹，众人认为谜面用词不够精确。争论之际，一个同学说困了，得早点回去，阻断了更深入的讨论。大家在一阵喧哗芜杂、难辨彼此的吵嚷中悻悻散了场。

这天晚上，女作家发现室友和她的被子总会簌簌作响，好像被面采用的是一种滑雪服的材质。她在翻来覆去里感受着山林间的坠落和风声。男作家睡前读了一则过去读过的短篇，发现对于文本的理解甚于从前。之后他把进度停滞的剧本拿起细读。他觉得修改比写本身要困难，最好重写一次，但是并无自信下次会比手头的这版更好。他想起女作家，一天中的十多次，想在女主角身上加点她的特质。也许不是现在，也许是以后。他也许以后会写一写她，把她的碎片放到小说里。虽然他之前曾经公开批评过小说家们总是太过轻易地将经历转化为素材，几乎未加咀嚼——他在一种邈远温柔的期待里睡着了。

第三天白天，教授老师的观点遭到了至少三分之一人的抵触。悄悄离开的人多了起来。有些人看起来是去倒茶水，笔记本和笔留在桌上，却不再回来。但是因为他们处在同一排的缘故，她坚持到了傍晚，五点半。然后跟他一起，夹着笔记本和书册走下教室的坡道。此时正是五月的尾声，高大的柏木和雪松有风穿梭其间，树叶簌簌作响，蜀葵盛开，满坡种植的薄荷沁人心脾——后来薄荷变成了幻梦破灭的冰轮，一句诗歌这样写道，她应该能意识到——薄荷总和破碎冰冷的幻梦有关。

但是她似乎相信这些风吹过更高：云杉和冰川的顶端；吹过更低：赤红色的巴特斯朗大峡谷，深蓝色的马里亚纳海沟。在同一时刻。他们在同一时刻享受五月的风，五月之风从宇宙某个遥远的地方出发，到达这只晶莹的蓝色星球，等上一个小步舞曲的圆圈，最终穿过他们。她为此起了一阵鸡皮疙瘩。而他快步往前，感触并不如她那么深。

他在后来的一年中说过十多次这次的风，以及当时的闲逛。但是到了第二年的六月,他因为另一个培训再度到达,却说这里郁热难耐,一丝风也无。似乎试图说明一个人的空缺会带来天气翻天覆地的变化。好像一种风暴只存在于心灵。但是他们分手多时,她早已恢复冷静,想说仅仅是因为他推迟了一个月的缘故。初夏和盛夏当然是不一样的。男作家发来的消息提示音响起来的时候,她看到了,但却被另外一桩事情打断(也许是马桶冲水阀坏了,预约而来的修理工在不断地敲门),这句回复被放了下来,或者让她误以为自己回复过。等她再次想起的时候,已经过去了三天,没能再续起。

这天晚上没人提议玩游戏。才七点。她主动邀请他去山里走一走。她提出邀约的时候,周围还有其他几个人处于同样的无所事事中。W看到后,惊诧地询问他们将去哪里。女作家如实回答,却拒绝了W加入和同行的打算。男作家为她的表现吃了一惊。

两人在山路上走了一刻钟,进入了一条没有路灯的黑暗小道。等他们适应了黑暗,发现月亮明亮得惊人。在这个中部城市灯火凋零的郊区,月亮比他们所在城市能看见的都要大得多,像是被一只手拖拽到身边。在男作家试图主动拉她的手时，女作家已经拉住他了。两人同时看见山上的一座凉亭，准备走过去，小憩片刻，发现里头有两人坐着，声音很熟悉。是写作班上的两个人。男作家回忆了一会合影上苍白的几张面孔，和一个个子不高、理着齐耳短发的女人，但总体很模糊。对于男性的印象他就更模糊了。好像男性在开课前发过言，跟他敬过几杯酒。

他俩居然会在一起，这真叫人预料不到。他和女作家显然不是在这次聚会上被爱神选中的唯一一对。听见说话声后，亭中那两人迅速分开。他们也是。男作家发现女作家的手离开了自己。之后他们没再有合适的亲密机会。他们装模作样地谈论了一会小说，便各回房间。

这天晚上两个人都有些失眠。仿佛应该深入一步，但是恐慌和自卑同时阻止了他们。或者发现另外一对跟他们一样，深感沮丧。命运的巧合，爱意的生发，在所有平庸和不平庸的人身上，都如此相似，如出一辙。男作家还想了一会报纸上有人对他的写作风格的批评。这两件事情并没有关系。

第四天早上她翘课没去。他在课堂上找了她半天，一无所获。她谎称轻微发烧，因为前一天散步着凉所致——也许有，一种失眠后的头疼，跟宿醉后的头疼差不多。想起前一天的事情，她心跳加速，脸部发烫。这些都跟高烧相似。心中有火焰。但是她并没有什么办法去控制它。毕竟爱不是一盏能够调节明暗的台灯。男作家躺在床上，考虑接下来要写的小说。他总是希望下一篇，或者接下来的一篇都应该有所不同。他忽然觉得之前写出的一些女性跟这个女作家有些相似。

在这个早上，女作家终于决定跟一个纠缠了两年的对象分手。对方有洁癖，而她总是一团糟；对方对于未来始终模棱两可，而她又过于清晰悲观。她发现自己时常处于一种注定分开、暧昧不定的关系当中。这当然是她的问题。

她不是第一次考虑分手，但是男作家的出现让决定变得简单一些。等她出门，她的眼睛还是满含水分。他注意到了，问她怎么了。她撒谎说，一个朋友去世。他看起来吓了一跳。一时也不说话。她为了圆谎，不得不当面就水吞服一片他好意带来的扑热息痛。低血糖和药物使得心脏不堪重负。但是那会女作家却误以为心脏剧烈跳动是由别的所致，比如某一类危险的情感。

晚间一群人走在山里。女作家和男作家走在最后。在某一个坡道时刻，他暗示她两人应该走另外一条。两人放缓脚步,在那群人唱到副歌的时候,走进空寂的山谷,走进一个宽阔的平台——距离出事的地方还远。男作家爬上过山顶,在第三天烈日当空的中午。但是除了风和树林,那里其实空无一物。她看见了他在山顶的照片。纵然只是照片,也能够清楚地看见风。

他们在一棵树前停了下来。

他跟她说起自己年轻时候一位朋友自杀的经历。不知道从什么时候开始,他们相互谈论起自己。要交换彼此的生活经历轻而易举。而且他们在交换中发现了过往生命的几次不期而遇。他住过的那个小区,和她住过的小区,正是同一个。虽然隔着几栋楼,但是也相去不远。也许他们曾经擦肩而过。在一开始决意写作的日子里,他给音乐和电影杂志供稿的时期,在任何一个角落,任何一座曾经造访的城市,他们都有可能擦肩而过。那些星空,仿佛线索的面包屑,最终会引导他们相遇么?

天气不坏,坐在岩石上,能清楚看见银河。女作家曾在书籍里的一幅图画中,看见银河被描绘得像阴唇。一只涂着闪片红指甲油的手,食指和中指在搅动它们。另一部小说里说,银河是女性的乳汁。一种尖锐如玻璃的欲望将刺穿他们。星空是阴性的。多少人知晓这个秘密？她知道这些确凿无疑的情欲。但是更神圣、更浩瀚的东西阻止了她心神的堕落，因为发现了命运的偶然、上帝存在的蛛丝马迹，而颤抖不止。他也是。是的，他也是。他将在一切结束后不断回想起这一晚，这一刻。他缅怀一切就跟一个垂死者回忆起一生的错误那样，把每一分钟都当作一面铜镜，仔仔细细，擦拭一遍，又一遍。

第五天女作家建议他们下课后去走一走。去市区。男作家犹豫了一会。离开众人，单独行动，迟早会暴露他们恋爱的事实。他更希望亦步亦趋，不要过于激进。但是很快他就为自己的怯弱感到羞愧。

他们在门口站了半小时，终于开来了一辆出租车，在车上他们听着司机谈论股票和外汇。车子渐渐驶离郊区，驶入大楼林立的市区。他压根摸不清何时才是准确的下车时机。司机在一个路口迷路了，车辆带着迟疑兜了一会。女作家叫车停下，然后两人沿着窄小的街道走了一会，直到一个小公园。公园太小了，树木数量可以数得清。她还没见过能够穷举树木的公园，但眼下即是。三分钟就能逛完全部。他们再度往两侧长满香樟的街道走去，却总是会重复地经过一家隐蔽于深巷的快捷酒店。两人都注意到了。但是他们还是继续往前。

等到第六遍的时候，男作家建议找个屋子聊天。女作家同意了。男作家进入旅店，询问钟点房的价格，之后退了出来。钟点房售罄，他付了整夜的费用，但是没有告诉女作家。在旅店前台登记时，两人遭遇了尴尬的一幕。两个年轻的服务员询问是否有身份证，女作家不情愿地拿了出来。登记机器出了问题。有十多分钟的时间，四个人沉默着等机器修复。女前台说，不要着急。不要着急。男作家申辩说，我们不着急。每个人都知道说错了话。一直到房间，把所有灯，包括地灯关掉，这种尴尬也没有完全去除。他们都不是第一次了，但还是像第一次那样笨拙紧张地探索。他没法停止说话，也没法停止用手解开她裙子上的圆片纽扣。

两人回到营地是九点。其余几人在之前的餐厅吃饭，看到他们姗姗来迟，开起他们两人的玩笑，但是并不算过火。大概两人看起来也很不相称。他穿过人群，试图看清楚她的表情。但是她一直在回避，跟第一次见面时一样——拒绝沟通。这叫男作家有些沮丧。

还剩下最后一天。最后一天是毕业典礼。他还希望明天能够跟她在房间待一会，但是第二天有篝火晚会。十一点不到，他抢着去付账。大家沉默地走回去。

睡前他想了一会房间内的细节，以及他当时的表现：是毕生中表现最好的一次。也许她不那么认为。但他尽力了。

毕业时分。有人带来了真正的篝火。在山林中。这样几根废旧的木头居然能够燃起这么大的火焰。有人唱歌，醉酒的人们趔趄着拥抱，哭泣，告别。包括一开始被群体刻意分散的几位。但是过去短短几天，似乎着实谈不上这样大的情缘。回程时间是第二天早晨十点。前一天喝多了的人，匆匆收拾行李。他们在离开时看了一眼。但是这次觉得讶然的是，男作家几乎迫不及待地上了车，甚至不愿意回头再看她一眼。

回城之后，女作家坐进女友的车内。她们从她的公寓出发，向市中心的商场开去。道路跟平时一样，十分拥挤，看多了街道上的阳光，会让人轻易地失明。但是女作家此时发现自己的身心还遗落在那座山里，和过去时刻的男作家在一起。准确地说，是和第三天以及第六天晚上的男作家在一起。第三天和第六天的男作家仿佛就住在她洁净的衣筐里，随时随地她都能取出来，贴在脸上，将往昔白昼的阳光、气味重温一次。她只要伸出手去，他就会在那边，就能跟他再次相见。

女作家的怅然在买到一只金耳环之后短暂平息，翘起的心灵毛边也很快被抹平。她和朋友在一家轻食餐厅吃了一顿晚餐。女友正在减肥，为此要了一杯胡萝卜和番茄搅打出的果汁，以及一盘改良后的凯撒沙拉。女作家的牛排太生，她吃了两口就不再继续。之后的一周她都处于食欲匮乏却激情蓬发的状态。忧郁虽时有袭来，但是更多雀跃相伴。爱总是会叫人时常痛苦。但这一次，在后来，她将会了解得更多。

男作家则过了心情愉快的一周。他跟过去一样，每天九点半起床，之后送女儿去幼儿园，然后躲进书房写作。在过去写作的十多年、参与的十多次活动当中，这次无疑是他最为愉快和最有收获的一次，虽然他带去的剧本一字未改。但重要的是，他在停工了一段时间后，终于又开始写起了小说。一个想了一年多，却始终不敢动笔的小说，关于父亲、死亡、和更广袤的过去。这部小说跟他喜欢的一个美国电影导演，某些说不清的部分相关。更多跟他弄不清楚的部分自己相关。他拿出笔，开始给小说画结构，决定每天花三小时在上面，并且一天跑三到五公里。沿着他居所的那条河流，沿着植物园，跑上两圈半。那边经常会有一些乞讨者，带着小孩的老人，热恋中的青年男女，以及被人随地丢弃的垃圾。

他得一一绕开他们。他想起结婚前谈过的三任女友，全部都结婚生子。跟其中一任分手时，他曾经痛苦地想过自杀，但是最终没这么做。现在他很庆幸当时没那么做。他跑步时会想起她的脸，她的名字。虽然羞愧，他还是忍不住写了几句对白，像她的腔调。书名最终定了下来。他提议了三个新选择后，出版社还是选定了最开始的那一个，只是另一个比他出名得多的小说家这么建议罢了。

到了第二周，这种思念变得令人有些难以容忍。女作家询问男作家是否有空来看他。两人商议后，决定在青岛见面。白天两人逛了两家书店，一家新开不到一年，一家则已经开了十多年，店主是他相识多年的老友。他们原本计划去看展览，但是因为不熟悉路况在午饭中耽误了点时间。下午他们见到一位五十岁的朋友。在当地一个老牌啤酒屋，啤酒屋就设在居民楼，除了本地人谁也不可能找到。谈论了赫拉巴尔，以及一个国内的东北作家。他们还看了几个名人的故居，在抗战的流亡中，这几个年轻人曾经在那边短暂落脚。但是居所铁门紧闭，露台一张晾晒的白床单挡住了所有视线，窗户上粘着过期报纸。两人站在马路对面，看了一会就离开了。

回酒店的路上，他们发现道路中间多了几个隔离带。两人走了两公里也没遇到一辆车，这才意识到大概要举办一次活动，道路都被拦了起来，包括他们去往酒店的唯一通道。除了他们，还有一群人站在隔离带内，等着警戒解除。他们在遮天蔽日的树木中，听见海那边传来震耳欲聋的爆炸声，夜空中骤然绽放烟花，空气里是火药和海水的味道。两人坐在随意找来的台阶上，台阶向地下延伸，通往一座长满常春藤的屋子。他点燃了一根烟，看着烟花发愣。他不算酒鬼，但烟瘾真大得要命。

这是他们仅有的一次盛典。不为他们而来的盛典。依旧动人心魄。

女作家在分别的时刻，尝试着写过他，但是发现几乎没有可能性。关于他的长篇和中篇故事，在短篇小说里就被她全盘消耗光了。热恋中的对象的面貌是流动的。跟她理解的当代生活一样。无法捕捉，如水流走。以写作者为主题的小说，编辑曾经劝导她要审慎（一种过时的流行），对于她来说，像是自噬其身，虽然她也曾试图反驳，虽然他们仿佛过着一种文学性的生活——作为一个写作者（作家似乎变成了不食人间烟火的代名词，一个无法融入日常、频频搞砸生活、却心高气傲的怪人的代称集合）在更多方面，经济，家庭，他们比不上一个普通人。在爱欲和痛苦上，他们和其他人，也没有任何区别。也许更深重。困境和问题也不会因为多了修辞和叙事而显得诗意。

他也尝试过。但他却把计划里的短篇写成了长篇。女作家在三分之二的某一章，快速出场又快速退场。除非她自己，否则很难认出哪个才是她，以及她在其中究竟留下了怎样的燕子似的痕迹。

女作家在一个平常不过的早上从楼梯上摔了下来。她摔下来的时候，想自己大概会在八十岁的时候这样死去。会发出跟腐烂耗子般的死人味。在整个昏黄、充满希望的夏日走廊里，久久驱之不散，打扰到刚刚入住一周的年轻姑娘。

在出神的几分钟之内，她想起了过去八个月的时间里，两人屈指可数的几次见面：南京，苏州，青岛。但无一例外，画面都在火车站。一种离别的隐喻——但对于男作家来说，火车站却是代表了两人出发,一起做某件事情。一件事情在两个人的头脑里意味着完全不一致的画面、景象。她记起的,对方总是在白日里微笑。但如果问男作家,他说,记忆中女性多半不太高兴,总是在吵架和发脾气。哦,还有柔滑和汗津津的身体。这样一想,他会对她宽容一些。他们在一起的时候,感受很好,但是一旦转过身去,就跟两个陌生人没有区别。

她站起来,把洗衣机里的衣服拿出来,挂在晾衣杆上。潮湿和衣物芳香剂让她仿佛身处人工合成的海边。很多次她希望他们能站在真实的海岸,他们将站在一起,脚趾间都是白细的沙石。不管水何时漫上来,漫多高,他都不会离开她。

男作家于这周的周三去参加了一个老家的葬礼。这次葬礼和过去没什么区别。死者久病之后,选择了自缢。好像连一秒也不想再等。死者在第一段婚姻里备受折磨,在第二段婚姻里遭到了子女的反对,现妻也只是贪图他的钱财。他在电话里把这个故事叙述了一遍,充满唏嘘。但是他的难过又超过平静的讲述。她把这个故事简单写下。想起少数在一起的时间,那些凌晨时分,五六点,他总在半梦半醒中,用右手轻轻拍打她的脊背,或者是轻轻揉捏她的脖子,一种宠爱的表示，但这些节奏往往会打断她脆弱如新生冰层的睡眠，原本支离破碎的睡眠不得不再度分崩离析一次，像创世伊始，海面上分崩离析的大陆。

他却从没意识到这样究竟多烦人。太多的事情他都忘记了，他压根就忘记了这件事情。忘记了许多的细节。痛苦。倾诉。忘记了他们在房间内如坠深海的时刻，时间在那边不起作用，季节和温度也不能。

三月，她在电话里主动提出分手。他起先如释重负。他也确实不知道怎么平衡两个女性，如今这些困扰愈加折磨他。但是一旦失去，夜半梦回，又总深感难过。过了一个月，再度如释重负。之后又陷入悲观。折磨和释然总是竞相交替。对于女作家来说，也是如此。到最后两人都忍不了。像试图去延长未灭炉火燃烧的时间，商议着再见一次。

五月下旬，两人终于在分手后见了一面。男作家到上海来找她。第一天见面，一切如旧，他们以为过去的情感又将重新造访，都还没能将彼此全然忘却。傍晚时分，他们出门散步，抬头看见晚霞成片，像生满藻类的玫瑰盐湖。一架飞机刚刚经过酡红的天空，留下了几条洁白的飞行线。云朵像被火烧灼的白纸，而那几条飞行线就像是坠落的流星。像流星撞击在云朵上，往下坠落，带着一颗浑圆的光珠。像暮色的泪痕，扔雪球中途落下的雪片。其余事物只留下清晰的暗影。

夜晚两人站在天台吹风。身后的晾衣杆挂满了住户五颜六色的衣服。地上的污水中也有一些掉落的衣服，与混凝土、灰尘、雨水待在一处，好像死去的流浪汉。地上的十几个石头圆柱上都装有一只银色的圆形风扇，在风中不断旋转，像大号轴承，或者微型金属风车。他们从天台上望出去，城市郊区的暗绿色密林，这些密林隔着的另外一片密林，被光污染成紫红色的夜空。寥寥几颗星辰，悬挂于荒寂空无。最明亮的那一颗是金星。建筑和道路上的灯光仿佛雨中掉落的火焰，在气流里缓缓流动。灯火倒映在河流。他想起当时他们曾经谈论的一则美国小说的结尾，失业男性的第二任妻子，在雨水里，举着焰火在车前头跳舞——**她的手臂在空中挥舞，为他划出漩涡、流星和各种各样的图案，耀眼的火花照亮了天空、晶亮的雨水和她身后的小黑屋，有那么一阵子，整个世界都凝固了，好像一个完美的东西专门为了他存**

在——对于他来说也是如此。光不会消失。消失了，也会留下一些曾经完美的东西，这些东西终将属于他。而她想的却是那架在山顶失事的飞机，焚烧麦秆溅起的火星，离别当日跃动的篝火。

他们永远也不会知道对方在想什么。

顶楼的风大了起来，女性的长裙被吹成了一只鼓胀的气球。两人决定回到住所。睡前两人点了一支蜡烛，并且在摇晃的烛火中听了一首老电影里的插曲。他们不知道接下来怎么做，对于怎么做毫无办法，却一致认定，眼下正是不能再好的晚上，是在深渊和绝境中，最好的晚上。

第二天一早，八点，她母亲打电话说祖父去世，叫她尽快回去。她祖父病了三年，虽然她早有预感，但还是措手不及。一开始写的桥段变成了真事。小说总是容易成真。他们不是在写过去、写回忆，而是在写预言。这在她人生的后半段将更加清晰地上演。她的爱恋对象，他们的结局，早早在虚构文本中，便已经注定。

他说，没事，你先回去。出门前她吻了又吻，说要等我，要等我。他说，好的，我等你。她又说，就算赶不及，我也会去看你。他说，没事，总有机会，他提醒她别忘记穿上配合葬礼的黑衣。她关上门，关门后才想起，她应该拥抱他的。她还记得出门前，他的眼睛，因为生病而拥有的浅金色瞳孔。永远都不会忘掉。

第二天他就走了。走之前他约了几个朋友吃饭。他把食物照片拍给她看。但到了下午，不知道什么改变了他的看法，说已经买好了下午三点的车票，打算下午就走。但是他出发前似乎已经做好准备，否则难以解释为何携带沉重的行李随行。但是他早晨时分并非这样表述。她也没能赶回——当然原本可以。只是在葬礼上前夫表现不赖。她延迟了时间，可能那些时刻并不算少。她发消息道歉，说她赶不回，去找他。他温柔且体谅地说，没事，总有见面的机会。她也是这样相信的。他们说了那么多话，愚蠢的诚恳的过激的。这不过是其一。作为写作者，有时候他们过度相信语言的力量，有时候半点不信。那一刻，谁也没想到，会变成一句谶语，会真的不再见面。

悲伤像一场耗时很久的性爱后的疲乏。女友劝慰她说，其实他也谈不上多特别。她蓦然记起来，确实谈不上多么特别。尽管一度她曾以为他独一无二。她们总是这样，在失去后相互劝慰，直到获得短暂的解脱。

已经五月的尾声了。正好一年时间。上一个五月的时候,她还想过,五月是一个印满了奇花异草,带着西番莲和柠檬草气味的胶带,粘结起两个全然不同的世界,连接起白昼和黑夜,春天和夏天。她能够卷起来送给他。但翻转一百八十度,开头与结尾相接,最终呈现出的却是一个莫比乌斯环,意味着无尽:无尽的失败,和失败的循环。她明白这一切,像是明白了一种宇宙的真理。

剩下的故事我们都知道了。当然不会再有然后。就像她忘记回复的消息一样。在剩下的时间里,他们还是可能会在一些城市遇到。也许会认出来。也许不会。能怎么说呢——没有结尾恰好是一切故事的结尾。毕竟读了那么多写了那么多,从一开始他们就知道,催促的鼓声在头顶持续敲响,终结的铃声也在身后紧随他们。

她决定不再参加任何一场作家聚会了。但也许他还会吧。

无人禁飞区

王莫之

王莫之　1982年出生于上海,著有长篇小说《现代变奏》《安慰喜剧》、短篇小说集《310上海异人故事》。

宏亮曾经在电视上看过一则有头无尾的新闻报道。居民们因为小区里要造养老院而奋起,面对采访镜头,他们爆发出的力量仿佛正在造的是化工厂。这则新闻长达四分多钟,宏亮是和妻子、岳父一起坐在客厅的沙发上观看的。宏亮的岳母因为在厨房蒸鱼,错过了,但是后来吃饭的时候,她也参与了讨论。她还一个劲地给宏亮夹菜。那时候,宏亮和苏湄可以说是新婚燕尔,但是由于一些特殊的原因,他在岳父家里总是表现得有点儿抑郁。几年后,相同的养老院事件在宏亮住的小区发生,但是这次没有任何媒体介入。作为业主,宏亮也没有那个心情去介入。在事情闹大之前,率先爆发的是苏湄。

"他肯离婚了?"这是宏亮耐心听完后的第一反应。

"现在是谈我们之间的问题,"苏湄解释道,"你扯别人干吗?"

"杂志上说他在美国有个项目,要去一年。"

"宏亮,我知道这样对你不公平,但是,我希望你尊重我的选择,也尊重你自己的选择,别忘了,结婚之前你对我的承诺。"

"我知道,我知道……"宏亮试着控制情绪,无意间踢到了地板上的黑色背包，里面有他新买的无人机。

苏湄继续摊牌，要求月底之前把手续办了。

"估计有点难吧，现在去民政局办离婚的基本上都是假离婚，当然，也有些是为了离婚所以拿买房子的事情来布局，反正现在的房产猫腻你又不是不知道，现在离婚是要摇号的。"

她从司法角度驳斥了谣言。宏亮沉默，随后有了新的提议，离婚可以推迟到苏湄硕士毕业之后："到时候我就对我爸妈说，说你还不打算回来，要再读一个博士，他们肯定会发疯的，到时候坏人我来做，至于你父母那边，你最好说说清楚，就别让我再背锅了。"话说到这个份上，宏亮几乎都把自己感动了，岳父岳母那里应该没有问题，他不相信苏湄今晚搞突袭，在娘家没有演习。"关键是，"他继续道，"你去美国，你的父母我可以帮你照顾一下，好歹名义上我还是他们的女婿，我照旧一个礼拜去陪他们吃一顿饭，如果有什么事，随叫随到。"宏亮向苏湄保证。絮叨完，他的颈部曲线回归正常，一个就他而言更舒适的坐姿，左肘压上沙发的左侧扶手，身体微微倾斜。四个月后，等到苏湄的这间书房乃至这个家，只剩他独守的时候，他经常过来纳凉，经常是这个姿势，一待就是大半个下午，原本呈L形紧贴着沙发的碎花罩布总是被他糟糕的坐姿拉成一条斜线。窗外的树叶，枝杈的顶部繁茂依旧，有一些变成了红色与黄色，风一吹，一团一团，在翠绿的波纹里摇摆。他的手里届时会多一本书，面前的茶几一角还搁了几本摄影集轮换。这张茶几是一个破旧的樟木箱子蒙了蕾丝桌布扮演的，相当高寿，据说是苏湄的祖母结婚时的嫁妆。

还有好些东西没有搬走。

苏湄是七月底去的曼哈顿。宏亮记得最后那周天天都像在大扫除，两个无业青年挖开眼睛就忙着翻箱倒柜。午饭晚饭实在是讲究，来回都叫专车，去方圆十公里以内的馆子吃高档中餐，顿顿要翻花样，苏湄买单，这是她所坚持的。宏亮没再坚持，尽管工资卡新近刚回到他手里，余额有十几万，主要是今年春节之后公司赔他的遣散费。

如同回到了结婚之前，他们经常在外面吃饭，苏湄还是那个爱说爱笑的美食家。她此行假使说还有什么放不下的，除了亲生父母，大概就是中华料理吧，宏亮想。他答应往后每两周去复兴路看望岳父岳母，陪他们吃晚饭，这个频次是苏湄修订的。

"我每次去带点水果什么的可以吗？"

"用不着，家里不缺这些。"苏湄拒绝得非常干脆。她准备赴美之后在微信里建一个群。"我和父母，还有你，你哪天要去复兴路记得先和我妈打声招呼。"

"有数了。"宏亮望着正在整理行李的苏湄，濡湿的吊带背心，漂亮的胸型，他想，那里曾经夹杂了自己的许多喘息。

航班时间是十一点一刻。两个旅行箱经历了好几轮自我审查式的瘦身，还都超过了二十四公斤。照苏妈妈的说法，你这哪里像是去读书啊，移民也不过如此。苏湄听了，在车上呵呵傻笑。专车司机插嘴道："一般来说单件行李只要没到三十公斤，不会罚款的，除非工作人员那天心情不好。"实际情况正是如此。在托运口，那位执法者只提了一个问题：

"去读书对吗？"

临近登机，苏湄与亲人们逐一拥抱。宏亮最后出场，一脸的尴尬与蠢笨。他是多么渴望再吻吻他的妻子。会不会太做作、太过分了，他不清楚，身体僵硬地贴上去。苏湄的鼻尖在宏亮的脸颊上蹭了几下。她就这样走了，回眸之际满是笑容，挥手的仪态非常潇洒。宏亮傻傻地望着那个身影渐行渐远，总觉得周围埋伏着一个男人，或者，那个人已经身处美国，看着限量版的名表，预备去机场迎接。

"回去吧。"苏湄的母亲招呼宏亮。他跟着走了几步，回首再探一眼，通道里已经不见妻子了，也没有他一直在找的踪迹，那个他时常能在画廊、美术馆或者报纸杂志上见到的艺术家。在苏湄眼里，那样的人，才配得上"艺术家"这三个字。

空荡荡、晃悠悠的地铁车厢，窗外的大片空地分散了宏亮的注意力。飞机起落，伴着坚果开裂的声响。坐在对面的一位女士，三十岁左右，正在剥核桃吃。那满满一袋的核桃与她的衣服相隔了一个草绿色的手提包。又一架波音客机平缓地在低空滑行。与这些大家伙相比，自己的无人机充其量就是玩具，宏亮想。不光是他这样认为，后来在杨浦滨江风景线，他的老领导邹旭也说：

"看上去就像一个玩具。"

宏亮忙着设计飞行路线，整个操控设备犹如一个加强版的游戏机手柄，上面还架了一台智能手机。"要飞了哦！"

宏亮笑盈盈地回望道。

四个原本呈十字交叉的螺旋桨一瞬间看不清了,带着自鸣得意的呜呜声直线升空。隔壁滨江国际的两位保安,在宏亮卸下黑色背包、拆出部件组装的过程中就被吸引了过来,此刻倒像是热心观众,和太阳一样毒辣的目光与其说是监督,不如说是敦促。起先,宏亮还有所顾忌呢,担心此处与陆家嘴的滨江大道一样严格禁飞。从二〇一六年年初起,上海已经给无人机设置了许多禁飞区。

在三百米的高度,无人机潜入了邻近水厂的领空,随后缓降,悬停在可视的范围,机身底部的摄像头开始转动。早年,宏亮在水厂外围拍过老建筑,进不去,隔着铁栏杆快闪几张。十九世纪英国人的设计,古堡风格,清水红砖,雉堞压顶——眼下,在宏亮面前的屏幕上,这些风貌有了全新的观赏角度。沉淀池、快滤池、制水生产线的某些设备一览无遗。可这些都不该是他此行的拍摄对象。他是接了某家杂志社的外稿,来拍杨浦滨江新近对外开放的四百多米的步行风景线。这里离他上一份工作的公司不远,当时,邹旭是那个住宅楼盘的销售总监,宏亮担任业务经理。房市太火了,私人老板看不到高薪供养营销团队的必要,宁可大出血也要遣散那些"开国元勋"。

"工作我还在找，不过还好，最近有点外快赚，老领导介绍的。"第一次孤身去复兴路尽孝，宏亮这样应对苏湄母亲的关心。

"开吃吧。"苏湄的父亲皱眉道，手中的筷子微微抖动。

两周一次，通常是周日，宏亮以女婿的身份陪二老吃晚饭。饭桌未变，菜式未变，某种程度上，用餐人数也没有变，回到了苏湄出嫁前的状况。这种感觉很奇妙。自从苏湄赴美之后，宏亮和她的父母的关系倒是渐入佳境。以前他坐在这张饭桌上，话很少，拘束得仿佛客人。如今苏湄不在了，他替补入座，尤其是听到苏湄的父亲说"开吃吧"的时候，瞬间体会到了犹如升旗仪式的庄严感，有那样一些瞬间，他觉得自己活生生就是他们的儿子，负有不可推卸的神圣职责。这种感觉渐渐强烈，趋于自然，在复兴路的老公房里，宏亮的话明显比以往多了，似乎容不得静场，有许多的故事要与至亲分享，而这个角色，以往都是苏湄在本色出演。

不能冷场，这是宏亮对自己的要求。他今天要说的是发生在上周的两桩意外。当时他正在家里看书，被窗外的争执、烟花爆竹的违规燃放引到了阳台口。他和苏湄住的那个偏远小区，有南北两扇门，主干道却只有一条，道路不宽，起初是双车道，一进一出，后来随着小区车辆激增，路的两侧改成露天停车场，中间走人，有交通工具出入的时候必须小心避让。机动车也多了一条硬规矩，南门进，北门出，唯一能让门卫破例起闸的只有救护车和消防车。那日，一辆救护车载了跳楼自杀的青年男性，为了抄近路，从南门出小区，碰巧迎上一列喜气洋洋的婚车队伍。这件事情在小区里当新闻传了几天，全说晦气。周中，宏亮去买早饭的时候还听门口卖煎饼的老头议论，指给宏亮看，斜对面买豆浆的那位老阿姨，瘦瘦矮矮的，像根大头火柴，正是新郎的母亲，昨天还去责难自杀者的母亲，说了好些刺耳的话。次日，宏亮航拍静安别墅回来，开楼道铁门的时候，留意到钥匙孔上方贴的一张布告，说小区花园以西的那片空地，连带一百二十号的那栋高层，要改建名曰"老年之家"、实为临终关怀的商业养老院，启事者提请诸位业主关注事态的严重：

"你愿意看到小区里殡仪车经常进出吗？"

"你愿意看到小区房价为此暴跌吗？"

文中还多次提及物业，指责他们欺下瞒上。

"第二天布告就没了，大概是真的要造养老院吧。"宏亮说完，重新把碗端起来。这两则意外他引述了五六分钟，但是被苏湄的父母三言两语就对付掉了。他们活了大半辈子，自有处世之道。比起"老年之家"，他们此刻更关心自己的家，什么时候能造电梯。他们居住的老公房建于上世纪八十年代，俨然是弄堂的门面。站在阳台上，常年的景色是复兴中路的梧桐树，只有往下看，才会有一些变化，沿街的店铺清一色地在向餐饮业靠拢。和身后的弄堂房子一样，老公房没有电梯，而且还更高一些。苏湄的父母住在顶层四楼。对爱好旅游、喜欢购物的苏母而言，未来无法直视——她不能总打电话让老伴下来当搬运工，爬楼梯实在太折腾了；苏父的双腿有严重的静脉曲张，一条腿年中动了手术，另一条腿的手术还在排队。这都是苏湄的牵挂。她理解父亲割舍不下他的书报亭，他和他的书报亭有超过十五年的感情，但是她觉得父亲在这样的岁数、目前的身体状况下还要坚持每日出工，这实在是不可理喻。此刻，苏湄若是在场，必定会和她的父亲起冲突的，宏亮想，而历来溺爱女儿的苏父必定会在争执中高举抵抗大旗，节节败退。

"电梯会造的,就是费用怎么分摊的问题。"苏父总结道,随后放下碗筷,"老太婆,我吃好了哦。"

"汤不吃啦?"

"不吃了。"苏父回卧室,顺势把门带上。

就是这些日常流水,构成了宏亮与苏湄沟通的主体。差不多两个礼拜视频连线一回,此外还有微信上的请示与汇报,俨然是一种生活方式。可是,苏湄并不这样认为。在美国潇洒了两个月,苏湄就后悔了。把父母丢给宏亮,一个过于自私的选择,她后悔再次利用了宏亮的爱,兴许会造成更深的伤害。异国分居,何不用一种残忍的方式拯救他,这个念头时不时地折磨着苏湄。

"过两天我同学的爸爸回上海,我托他带了一包东西回来,联系方式我等下发你,你去拿一下。花旗参里有两盒是给你爸妈的,赖特和路易·康的两件纪念衫是给你的,剩下的全都交给我妈。"

"谢谢啊。"宏亮感激道。

"谢谢你才是,你帮外婆买的鱼松,钱我等下微信转给你。"

"小恩小惠,没必要啊。"

"你应该告诉我的,不是我妈提起,我还不知道呢。"

"我就是想给老人家留个好印象,万一哪天想起我这个前外孙女婿来,不至于脑子里一片空白。"

也许是角度问题,宏亮觉得苏湄胖了,她身后的那个陌生空间也有一定程度的鱼眼扭曲。他在寻找那位男士的身影或声音,却发现此刻的画面静止得仿佛截屏。

重新连线,宏亮继续他的汇报。好些内容,苏湄通过母亲多数已经知晓,但她还是听得津津有味,因为她相信宏亮不会隐瞒,好消息经得起复述,多一张嘴,就能增进可信度。母亲很好,苏湄绝对相信自己出国对母亲的影响非常有限——社交、旅游、外事活动只增不减;父亲还是家里和书报亭两点一线,右腿静脉曲张的手术还在等医院的通知。照苏湄母亲的推测,这完全是左腿手术的后遗症,因为在接老伴出院的那个上午,她和护士起了争执,对医院混乱管理的投诉尽管换来了几声歉意,却也不可避免地上了黑名单。黑名单纯粹是推测,因为都快国庆节了,原定八月的手术还在排队,电话询问无果。

"实在不行还是换一家医院吧,"苏湄感叹道,"总不见得永远等下去。"

"是的,你妈是这样打算的。"宏亮说,"现在比较麻烦的是外婆,因为牙齿都掉了,没办法吃东西,最近明显瘦了。你妈带她去镶牙,医生说那么大岁数了,镶了没几天就会掉的,劝你妈打消这个念头,说等于是把钱往水里扔。"

"看起来,鱼松还真是不能断啊。"

"这你就不用操心了。说起鱼松来还真是好笑,你还记得我们上次买的时候是圣诞特惠吗,买三送一的,然后这次我再去环贸,活动已经结束了。我就站在货柜前面瞄来瞄去,后来就有人过来推销,我就装傻,我说,我记得你们这个好像有活动的啊。她说对的,你大概是我们的老客户吧。我说是的——喂,苏湄,你听得见吗?是信号又断了吗?"

"没断。"

"你困了吧,我是不是又让你觉得无聊了?"

"没有,你这样让我挺难受的……"画面里的苏湄又僵住了,接着重提了离婚之事。她希望宏亮接受现实,赶紧找女朋友,又从更现实的层面关心起他的就业问题。还是老样子,糊口不在话下,最近还接了不少活,因为摄影师朋友老汤所在的杂志社今年商业别册来不及赶,有许多拍摄都外包给宏亮了。

"杂志年底想做一个无人机的专题,会采访一些玩家,"宏亮补充道,"老汤推荐了我。"

"恭喜你啦,"苏湄笑了,"终于有机会接受采访了。"

"你又黑我。"

"我说的是事实。"

"好吧,你说的都是事实。"宏亮说,"还有一件事情,小区里的养老院开始造了,划了一大块工地,业委会意见比较大,有一批激进分子打算死磕到底,现在是到处游说,号召大家联名抵制。"

"小区有业委会啦?"苏湄简直不敢相信。

"刚刚成立的,临时组织,昨天下午挨家挨户来敲门,要求我们在联名书上签字。"

"你签了?"

"说句心里话,我确实很犹豫,他们要我先过过目。我还挺意外的,这种事情一般是阿姨妈妈在做呀,结果是两个年轻人,男的块头很大,岁数比我还小,女的可能是他老婆,感觉像90后。我心想,既然大家都签了——"

"所以你也签了。"

"签完之后男的就对女的说：'看看，我说了嘛，这种事情，是个正常人都会签的。'"

可是，怎么才能成为一个正常人呢？之后的日子，宏亮发现事态远比他料想的复杂。长假后的某个夜晚，承接养老院改造工程的那批农民工惨遭业主围殴。谁先动的手现在各执一词，具体的过程与细节，宏亮也不清楚，他只记得窗外突然骚乱声大起，打砸的异响夹杂着沪语粗口，尾随的是众生欢呼——哇哦，哇哦，哇哦……于花园上空盘旋。其后警笛介入，更多居民从自家窗口探头张望，宏亮也在其列。但他没有像别人那样，穿着睡衣睡裤趿着拖鞋下楼探究，而是坚守着屏幕修他的照片，书房里，摇滚乐已经吵了几个小时。

"警察来了有啥用呢？"

"是呀，又没证据的。"

"再讲了，我们只不过是阻止他们违法施工罢了。"

"对的，国家有规定的，夜里装修属于扰民。"

在那个群情激昂的上午，宏亮啃着刚从小区门口买来的煎饼，听一群业主倾吐。假如这个所谓的"老年之家"落成了，会对小区的房价造成多大的伤害。他们郁闷，他们悲愤，围在一堆废墟前面强烈抗议。从主干道通往工地的分岔支路已经完全被堵死了，占主导的是一台复印机、两辆自行车，还有更多的报废物资正在添堵的路上。宏亮有一种身处壕沟的幻觉。他抬头向工地里瞥了一眼，悬想昨夜的真相。也就是从这天晚上开始，业委会凑了一批志愿者，轮流在工地外面站岗，深夜方才退去，一旦发现施工者回流，照例会有人敲打脸盆："大家来啊，大家来啊，有情况啊。"

宏亮偶尔也会凑个热闹，靠在阳台上欣赏那种抗战老电影里的激情场面。那些民工如同伪军那样抱头求饶，推诿自己不是来干活的，只是想回收落在工地的设备。事实上，似乎总有收不完的设备，一再考验居民的耐心和毅力。

"胜利啦。"

"我们胜利啦。"

在如潮的欢呼声中，宏亮重温了一种已逝的生活方式。这种生活方式只属于他的童年，即上世纪的八十年代末九十年代初，那种邻里之间走动频密、户外乘凉聊天的场面。宏亮能够清晰地回拾起那一段段的人生，他之所以能讲一口流利的上海话，倚靠的就是童年的那些时光。每到暑假，母亲就会将他从安徽送到上海，让南市区的外婆帮忙带两个月。他的父母当年都是县城的双职工。外公外婆对小宏亮真是疼爱极了。满头银发的外婆时常对老伴说："譬如又养了一个儿子。"邻居们也很喜欢这个性情温顺的小家伙。

"真的，外公外婆真的是拿我当儿子在养。"说完，宏亮望着苏湄的父亲，等待对方回复。他还不适应这样的交流。他和苏父同在一个书报亭里面，报亭的红色顶部是一本巨大的摊开的书。只有他们两个人，在以前是难以想象的，也从未发生过，这种全新的环境诱使宏亮去挖掘话题。他见苏父沉默，便抛出一个困扰已久的疑问。

"……老早书报亭比较忙，我是可以理解的，但是现在基本上就没啥生意，爸，你嘛岁数也大了，应该跟妈一道出去兜兜呀。"

"各人有各人的爱好……我是觉得她跟那些朋友啊，有点过分了，岁数也不小了，应该晓得适可而止，真当自己还是小青年啊。"说完，苏父折返回自己的世界，看看报纸，理理杂志。隔壁的贴膜摊由电动车改造而成，摊主端坐方椅，煞有介事地抱着一把古典吉他，左手在琴头的品格上攀爬，每一个和弦都要反复苦练，经常弹破音，在他的皮靴旁边，褐色的琴箱立在地上，微微张开。

"宏亮，回去好了，我一个人没问题的，没问题的，我老早就习惯了，回去忙你的事情吧。"

"爸，我也没啥事情要忙，回去也是一个人，还不如在此地跟你做个伴，等你收摊了，我们一道去吃夜饭。"

苏父没话讲了。倒是有个中年妇女过来问路，他殷勤而详细地给予帮助。在宏亮陪坐的那个下午，问路的几乎与买《新民晚报》的在数量上持平。这些散户全是中老年人，有的还是街坊邻居，宏亮认识一个在弄堂口贩外币的，和其他人一样，过来了总得扯几句，和苏父聊一聊天气啊，或者非议新近的社会热点。还有一个街坊，建议在书报亭内加一些吃食，譬如烤香肠、手抓饼、茶叶蛋、玉米棒之类的。

"要做老早就做了，这就不应该是书报亭应该碰的东西。"苏父重申他的原则，除了瓶装的矿泉水、雨伞，自己只卖报纸杂志，而且必须是合法的正规出版物。

苏母出游的那周，宏亮整整陪了苏父七天，被许多熟客乃至送货的误以为是新雇的小工、未来的接班人。宏亮从书报亭里收集了许多故事，有些连苏湄都不晓得，或者是忘了。

"外公没了以后，外婆有段时间住在你家里。住了一年多。外婆人很静的，喜欢看书，那时家里的电话大多数都是你的，其次是你那个社会活动家的妈妈。"

"哦，是吗？"屏幕上的苏湄皱眉道。

"老爸讲的呀。我问为什么你的电话最多。他说你要和同学谈学习啊，这道题目怎么做，一谈半个小时。没想到你从小就是学霸啊。"

"是呀，人家成绩一直都是很好的。"

"然后每个月电话账单一到，把你妈气的。她倒不是在乎那点电话费。她是单位领导呀，电话费可以报销的。她就是怕人家背后说闲话，喏，你们家电话费可以报销的，所以就拼命打。她很在乎这个的……老爸说，后来他就跟你说，叫你注意一点，每次你都答应得好好的，结果三天一过，老毛病又犯了。"宏亮哈哈大笑，得意了没几秒，变脸道："听得见吗？是信号又断了？"

"没断。"苏湄调整一下坐姿。

"没断就好。"

"宏亮……谢谢你。"她几乎是逐字逐句地念叨。

"谢我干吗!"

长久的沉默。苏湄打量着宏亮背后的特殊背景,挂在书报亭里的各类杂志,然后说道:"哦,对了,你那个采访出刊了吗?就是无人机玩家的,帮我留一份啊,我要收藏。"

"黄掉了。现在上海的禁飞区越来越多了,杂志社的领导觉得再做这个有点不合适——你等我一下哦。"宏亮把手机放在一叠报纸上。苏父因为入院动手术,目前书报亭暂由宏亮坐镇。他取下那本挂在醒目位置的杂志,拾起手机,对准了,向苏湄展示那个替补的封面故事。隔壁的吉他正在演奏《爱的罗曼史》,简易的入门版本,开场的几个小节磕磕绊绊,贴膜师傅双目紧锁,一旦弹错或者卡壳,就必须重来。在他的身上,完全看不到疲倦,也看不到终点。

"几点钟收摊啊?"苏湄问道。

"老爸讲四点半就可以了。"

"辛苦你了,再过几日你就解放了。"

那天,宏亮还有一份意外收获。一个瘦高个的男青年自称是某视频公司的编辑,想要采访宏亮,他想就书报亭的衰败策划一条微纪录片。他反复向宏亮强调,他们的平台多么强势,每条短视频都有数百万的综合点击率。他非常看好这个选题,看好它成为一个爆款,因为书报亭在过去的十几年里一直是上海的文化风景线,很明显,现在书报亭正在谢幕。他说他住在宝山,前阵子彭浦新村地铁站的两个书报亭一夜之间就消失了。他问宏亮有什么内部消息吗,又好奇这间书报亭怎么由年轻人经营。

宏亮一直在听,然后开上海话解释了几句。他一开上海话,那位编辑就显得很开心,赶紧换频道。对于宏亮的岳父而言,躺在病床上接到这通电话着实错愕,妻子就在身边,商量之后,回拨了电话,婉拒道:"我也一把岁数了,没必要再出什么风头了,现在呢我还没接到通知讲要关掉,看情况吧,如果哪一天真的不给我做了,我们再联系好吗?"

编辑虽然表现出了极大的遗憾,却也无可奈何。他还灵感突发地想过请宏亮出镜,因为他真的很想拍一集书报亭,他说公司附近的书报亭几乎全问遍了,只有这家愿意听他唠叨,可是,一转念,他倒是很识相地放弃了。他突然意识到镜头应该对准一个真正的经营者,见证过兴衰,有一肚子的见闻与故事。他就在书报亭里坐了一个下午，加了宏亮的微信，等他收摊，接着，又在地铁一号线里攀扯了许久。他们都在彭浦新村下车，然后换乘不同的公交车。

恰逢晚高峰，站外挤满了人，好些等车的男士都在抽烟。风把烟灰吹到昏黄的雾气里，好些人佩戴口罩。下了公交车，宏亮要走一公里多，还要翻过一座桥。冬日的上海是一种刺骨的阴冷，地面是湿漉漉的，过了正门，宏亮看到作为小区公示牌的户外LED屏幕，上面的大字正在滚动宣传周六上午九点的答复会，届时会就"老年之家"的工程与诸位居民开会协商。

此后的几日，小区沉浸在各种幻想以及与幻想的斗争之中。每天晚饭之后，花园里仿佛在开什么洲际大会，论述的激昂几乎盖过了广场舞的配乐。可是，真到了那个关键时刻，会议却开不起来。物业和门卫呼吁大家冷静，说领导已经在三楼的会议室坐定了，现在希望居民朋友们选两名代表上去洽谈。

"大家都是代表。"

"对的,都是代表。"

"没啥谈头的,只要不造了自然就太平了,要造就没必要谈了。"

"要造还谈个屁啊?"

"造到封闭小区里做啥?要造应该到开放式的地方去造呀。"

"就是讲呀,纯粹是在瞎污搞。"

还有一位老阿姨,手里提了几大包蔬菜鸡蛋,情绪激动,叫嚣说小区的业主谁若是画押叛变,她就买一堆花圈送到谁家门口去。

"对的,买好送到他屋里去。"

于是,小区的出行几乎瘫痪了。没有代表,也不见领导下来解释,双方僵持着,这种状态又持续了两个月。

那年的春节来得比较早,二月初,宏亮装作还在正经工作的模样,赶回上海,去复兴路给苏湄的父母拜年。苏父的脸色并不好看,一个女儿缺席、书报亭即将关停的春节难以取悦他。他让宏亮联系一下那个什么视频公司的编辑,他现在愿意接受采访了,全力配合。

微纪录片最后确实拍了,却是宏亮动用他的资源完成的。那个编辑通过微信发过来一大堆哭泣的表情,他说这个选题已经被内容总监否掉了,非常遗憾。至于原因,他不愿意解释。

现场拍摄还记录了一部分的吉他演奏,相对成形,虽然在技法和节奏上不够标准,却也胜任配乐的角色,有一种相得益彰的拙朴之美。毕竟,它所要烘托的不过是一段没有上传、没在任何平台播放过的私家历史。让宏亮无法释怀的是,苏湄看完后的剧烈反应。她在微信上正式提出了离婚,她说她斟酌了好几个月,不能再这样纵容自己的私欲。她的话决绝得不容反驳,这种感觉宏亮并不陌生。他明白,这并不意味着明日的饭局就失去了意义。他还是会像往常那样,高高兴兴地去复兴路陪苏湄的父母吃饭。在饭桌上,他们会有许多愉快而发散的交流。苏母会准备一桌子的菜,丰盛程度不亚于苏湄列席的时候。这种感觉很奇妙,在不同场合被宏亮反复回味。那个晚上,苏父在饭后把宏亮单独叫进了卧室。他环顾这个异常陌生的环境,聆听长辈的教诲。

"宏亮,有些话我不方便讲,但是呢,不讲又不行。"苏父清清喉咙,继续道,"你看你是不是抽空去医院里查一查。没问题呢是最好不过啦,如果有啥问题,反正苏湄在美国,你正好趁这段时间抓紧调养。我和你妈妈呢岁数都大了,现在书报亭也关了,帮你们带带小孩我还是可以的……"

宏亮慌了神,但还是答应了。

后来,在漆黑的四楼台阶,宏亮瘫软在地上。他想起五年前的一个夜晚,也是这样伸手不见五指的环境,他抱住苏湄的大腿,抱得紧紧的。他恳切地向苏湄求婚,发誓会永远爱她,包容她……

回家的路是如此昏沉,他叫了一辆专车。司机很有个性,戴了一顶爵士帽,车内弥散着爵士乐。待乘客入座了,司机下意识地调低音量。"没事的,"宏亮说,"你听吧。"他没有像往常那样吩咐司机,到了小区门口要先按一下,取了停车卡,门禁才会解除,然后该怎么开,出去又该如何。今晚,他不想让司机进去。所以他吩咐车子停在门口的超市边上。

此刻,整个小区仿佛在沉睡。早上的事变已经翻篇。他望了一眼那些新驻扎的工地守护者,这些人威严得连眼睛都不眨。他想起今天出门买早饭时的情景。只有一个老阿姨还在叫嚣:

"房子是新买的呀,不可以这样的,不可以的呀。"

永远是这样几句台词,仿佛古代的巫婆施法,却擦不出火花。离得近一点,宏亮认出了她,半年前,她为了儿子的婚事去别人家大吵过。那些曾经比她更跋扈、更张扬的脸庞,还有声音,在这个生机勃勃的上午彻底消失了。几乎没什么居民出来围观,即便有,也悄无声息。不断有脚步声涌进来。主干道只有一条,渐渐地,就有些拥挤。

"让一让,我要出去。"宏亮下了极大的决心说出这句话。对方回身瞄了一眼,留出一个身位。可是宏亮还是无法动弹。一辆卡车灰头土脸地缓慢出现。大家被迫靠边站。车身后方,站满了容光焕发的农民工,有的手里还握着工具。他们无不在笑,甚至高举手机,记录下胜利的这一刻,毫不吝惜地露出蜡黄的、整齐的牙齿。

到灯塔去

大头马

大头马 1989年生,写小说和剧本,出版有《谋杀电视机》《不畅销小说写作指南》《九故事》等作品。

3、8、10、13。

3、8、10、13。

3！8！10！13！

电视屏幕上那个新闻女主播的嘴巴从 O 变成了一，又从口变成了四，像不断变形的轮盘赌，最终锁定成了一个日的形状。

3号。3号。3号。叼，又是3号。

早上 7 点 30 分。Benson 和外祖母 Tis 坐在客厅那台 21 寸的电视机前收看早间新闻，前一天电视台通知翌日将会有台风席卷澳门，现在，他需要确认究竟挂几号风球，才能知道今天是否还要开工。对他和外祖母来说，这更像是一个他们俩之间的游戏，赌博游戏。赌注通常是隔壁六记粥面的水蟹粥，或是路环安德鲁饼店老店的蛋挞，但他外祖母最喜欢的还是他做的 Kare Kare，一种用牛尾、牛肚加上大量的蔬菜一起炖，配上磨碎的烤花生、洋葱和大蒜做调料的菲律宾菜。这会让她想起在萨马岛上她和母亲一起去教堂做礼拜的日子。

这只是 Benson 的推测，大部分时候，他并不知道 Tis 在想什么。他只知道外祖母出生于菲律宾的萨马岛，成年后随着外迁的大潮一起离开了那座岛,然后来到了另一座岛。由于他的母亲,也就是 Tis 的女儿,在 1989 年澳门政府那场针对黑户的大赦时未能答出申领身份证表格上的题目,她只能随同她的非法律意义上的丈夫,也就是 Benson 的父亲,一位从广东潮州偷渡过来的商人,一起又重新去了内地,此后再未返回。

Benson 今年 30 岁,外祖母 79 岁。两人住在澳门半岛的巴素打尔古街门脸冲南的临街民居里,除客厅外原本只有一间主屋,Benson 长大后隔成了两间,供祖孙分别居住。客厅墙上挂着一块柳桉木的基督受难像,此外再无多余的装饰。

那道 Benson 的母亲没有答出的题目是:大三巴牌坊前的石阶有多少级。从此 Benson 牢牢地记住了那个葡萄牙政府专门用来刁难非我族类的数字,68,反倒是将他母亲和父亲的脸一并忘了。

"据气象台预测,台风天鸽将于今日午时抵达澳门,从黑沙方向登陆……"

不用听下去了,在女主播说出"3 号"之后。3 号就意味着一切照常运转,除了给出行带来些许不便,顺便吓吓其他纬度来的赌客外，台风不会造成任何影响。学校、餐厅、赌场和澳门塔，都将继续开放。每一年这个由两座接壤的半岛组成的地带都会经受至少一场台风的考验，人们对此习以为常。

7点31分。Benson从沙发上站起来，去厨房洗漱，准备出门上班。再次回到客厅时，Tis仍坐在那张旧沙发上，眼珠一转不转地盯着电视，像在寻找一张荷官可能发错的扑克。那一块凹陷的位置被她滴水穿石般地雕刻成了一枚火山坑。

"咪再睇啦婆婆，你又赢啦。"Benson说，"不过我同你讲哦，今日边度都唔好去，记住冇。"

Tis嘴里发出含糊的声音。意思可能是，什么样的台风我没见过？也可能只是一种惯性的回应，表示对Benson的敷衍式的尊重。

Benson套上T恤，弯下腰来，蹲在外祖母和电视之间，强行将她的视线切到自己的脸上，像往常一样做出门前例行的叮嘱："跟我赌，你才会赢。一出门，就会输嘅。"

Tis的视线像断档的水珠一样哗哗地在Benson脸上开花，就是不聚焦在他的瞳孔上。Benson很熟悉她这副样子。

15年前，Tis彻底结束了她长达39年的菲佣生涯，正式成为一名丧失劳动力的普通居民，每月领2000块的非永久性居民救济金。她当时的雇主周太领着她怒气冲冲地上门，捏住她右手的手腕高举起来，大喊"人赃俱获"时，她脸上就是这副神情。当时的情境Benson已经有些模糊了，但外祖母脸上的神情就像那个数字一样留在了他的脑海里。他在接受采访的时候将此事略去不提，是因为他后来才发现，自己也不能肯定外祖母的清白。那时Benson十五岁，他能做的只是把外祖母右手紧紧攥着的那串佛珠扯下来，交还到周太手上，连声抱歉，"对唔住，她糊涂了。"

周太不接，翻来覆去地说："你点可以咁对我，你喺我家十几年，我对你边度唔好了？"周太说话时，衣服上镶着银丝的碎缨颤动，像在跳弗拉门戈。六记粥面的老板六记明当时仍是每天要亲自打点店里的伙厨，他对这一幕至今印象深刻，能够一字不差地复述出两人的对话。

"真嘅对唔住。以后唔会了。"Benson将外祖母牵回屋内，拉上铁栅门之后，周太仍然砰砰锤门："喂！你讲话啊。"

Benson只好将那串佛珠从铁栅门中间递过去，冷冷地说，"她不会讲话。从嚟都唔会讲话。你唔知咩？"

周太当时似乎是头一次意识到 Tis 在她家做菲佣这么多年，确实是从来没有讲过话。但怒气让她无暇检验这个事实的真假，"你呃边个呢！佢就系喺装傻，佢精明着呢。学乜唔好，学人家去赌！"

"呢唔系佢偷嘅，佢唔会用右手偷，她的右手是用来下注的。"Benson 蹲下将那串佛珠放在门外，然后把里面那道木门关上。

无论 Tis 究竟有没有偷那串佛珠，这次事件都起到了它应该有的效果。没有一个雇主敢雇佣一个有赌博爱好的佣人。不久之后，Benson 便从学校退学，开始出去打工谋生。在那时，这是很常见的。2002 年，澳门的经济一飞冲天。念书没有太多用处，遍地都是黄金。十几岁的小孩纷纷从学校跑出来，去做沓码仔或者扒仔，勤快的话一个月几万收入不是什么问题。对菲律宾人来说，这尤其是一个改变他们生存境遇的机会。世界各地的赌客在一瞬间涌入这个小城，语言问题成了澳门人最大的掘金门槛。这时，菲律宾人的语言优势便被赌场经营者相中，得以进入获得一份体面且收入不菲的工作。Benson 是个例外，他没有选择去赌场工作——虽然在澳门出生，但他的广东话、普通话和英语讲得差不多好。和其他人不同，他对赌场深恶痛绝。外祖母被周太抓包的时候，他下决心要将整个世界关在门外，他失败了。无论他怎么恳求发火，软硬兼施，仍然拦不住外祖母将领到的每一块救助金扔进老虎机里，将家里每一件值钱的东西搬进当铺，换成百家乐桌上的筹码。Benson一次又一次地从各个赌场将外祖母领回来，最后一次将她领回来的时候，他同时买了一把锁。没有办法把世界关在门外，那就只能把 Tis 关在门内了。

"我收工返嚟畀你带粥啊。你今日想饮乜粥？"7点32分，Benson站起身来，拿上包向门口走去。他听到背后外祖母嘴里嗯嗯啊啊地发出回应。"又系水蟹粥？炸云吞要唔好啊？"出门时，Benson习惯性地摸了摸裤子口袋，空的。

全澳门所有的医生都下了同样的诊断书，阿尔兹海默。护工每隔三个月就会上门一次，你这样强行把她关在屋里，是触犯法律的你知道吗？

废话，我当然知道。可问题就是她根本是在装傻。周太是对的。

Benson实在不知道怎么跟他们解释，或者说，揭穿外祖母的把戏。

起先 Benson 也被她骗了好几次，等他有一次假装上班，偷偷躲在门口，看着外祖母是怎样熟练地开锁，颤颤巍巍搭上巴士，走进赌场大门，才晓得她具备了怎样石破天惊的演技。他在赌桌上一把将她准备推出筹码的右手摁住，那布满了老人斑的褐色右手发皱，当她抬起头，脸上已置换好了原先的那张人皮面具。那是一张毫无存在感的面具，自 1964 年她搭上从马尼拉的渡口离开的轮船，经香港上岸，又辗转发配到澳门，那张面具就再没从她脸上摘下来，比她的肤色更有效地将她和葡萄牙人、泰国人和中国澳门人隔离开，标示清楚了她的价格。

"婆婆啊，我拜托你不要再跟我玩了啊。我真的要来不及了。"Benson 重新蹲回 Tis 面前，伸出右手。时钟显示现在是 7 点 35 分。Tis 无动于衷。"你咁我唔好畀你带粥了。"Benson 真的有点火大了，Tis 这才慢腾腾地从沙发上那个火山坑里挪出来，坑底躺着一把钥匙。

Benson 拿上雨伞出门。他试着撑开雨伞，但发现风比想象的要迅疾。他抬头看了看天，灰蒙蒙的，雨有条不紊地落下，但因为风而改变了自己的意志。7 点 37 分。他重新打开门把伞放回去，Tis 仍坐在电视机前，脸上是那张 1964

年的面具。Benson怀疑只要他一转身，那张面具便会顷刻间脱落，浮现出她本来的样子，一张狡猾的脸，然而这就像是观测者效应，薛定谔的猫。一个无解的环形悖论。

接下来的24小时，这一幕将牢牢定格在他的脑海里。当他每一次回想这一幕画面时，都会不自觉地重新摸一次裤子口袋，确认那把钥匙的存在。

Benson重新把门锁好，然后沿着比厘喇马忌士街狂奔，如果幸运的话，他可以赶上7点40分的那班开往澳门塔的巴士。

差不多在同一时刻，坐船连夜从香港赶到澳门的黄家强站在六记粥面的门口，在雨帘中抬头确认店铺是否还在营业。由于赶早班渡轮，加上香港所有的便利店和食铺都已关门停业，他肚中空空，准备在台风最强劲之前找些东西果腹。当他低头在手机地图上确认自己所处的位置并对照风速仪测算现在的风速时，被刚刚跑过去的那个小伙子溅了一身污水。

"叼你老母，赶着去投胎啊！"他冲着刚刚跑过去的褐色皮肤的年轻人吼道,那人似乎远远地回过头来看了他一眼,就跳上了一辆刚刚停稳的巴士。事后他反复澄清,当时并未冒出这句粗口,但六记粥铺的老板清楚地记得当时他确实是这么说的。因为那时店门口只有他一个客人。接下来这位客人掸了掸身上被溅上的污水,走进六记粥面里头拣了张空桌坐下来。

老板走过来擦桌子,"小伙子,我哋要打烊了。"

现任六记粥面老板的是六记明的次子,他的大儿子去了银行做事,六记明如今名义上是明伟饮食有限公司的董事长,实则在家抱孙子,颐养天年。这一切都要归功于香港美食家蔡澜的一篇文章的推力。考虑到此店自1949年起便在这个港边小巷营运,虽然次子的大名中并没有"明"这个字,来此的老主顾仍然沿用了六记明这个称呼来唤这位继任。

"乜?哦,系因为台风?"这位香港客人问。

"你唔系本地人吧?我哋只经营夜市。晚黑六点半到早上八点。"老板说。

"哦,咁,我系香港过嚟嘅。"黄家强说。

"呢个天气,嚟澳门干吗?"7点50分,老板开始把店里的椅子一件件收起来。

"追风。"黄家强说。

"追风？乜风？"老板看了他一眼。

"嚟追台风啊。我系台风爱好者。"黄家强说。

"台风爱好者？真有意思,乜人都有。台风有乜好睇嘅？你哋香港唔系也有？"老板说。

"那当然是不一样的咯。这次的台风是走澳门过境,只有到这里才能看到风眼。"黄家强从包里掏出一枚黑色的长方形小机器,"为了看这场台风,我一大早就从香港那边过来了。"

"你手里那是什么？"老板问。

"风速仪咯。"黄家强说,"你唔知啊？这次的台风真的超厉害。前天上午进入南海后,24小时内风力连跳5级。5级！你知唔知5级系什么概念？昨天夜里在维多利亚港的时候,我测出来的风速就在25 km/h以上,我叼,从进入南海到登陆仅有29小时。还有哦,你知唔知这次台风为什么叫天鸽？这是2011年菲律宾那场吹死了一千人的台风天鹰的替补名。老板,我同你打个赌你信不信,这次的天鸽也要被台风委员会除名……"

"你都唔使上班嘅咩？"六记明后来说,他当时觉得这位香港来客有点"拾下拾下",广东话就是傻里傻气的意思,于是把他当成了一位神经病,迫切地想要把他撵出去。

"上班?香港那边都报8号风球了,边度还有班上?我差点都没坐上最后一班船。"黄家强说。

六记明没吭声,只是挑了挑眉毛,然后请这位大惊小怪的香港客人站起来,将他的那把椅子收起来。六记粥面虽只经营夜市,但工作强度不比日市轻松。闭店后他需要去同负责采购的伙工确定当晚所用的新鲜食材、准备食材的前期工序、同财务对账等等,处理完各项繁琐的事宜,才能在中午时分睡觉休息,再在晚上六点半准时开门,片刻浪费不得。虽然这天气看起来是有些糟糕,但他当时相信这不过是一个普通的台风天,今日店面依然得正常周转。

黄家强只好站起来,"不过我是很佩服你们澳门人啦,这样子还要开工。"

"小伙子,你系唔系搞错了。我们这里只报了3号风球,3号当然是要开工的。"老板请黄家强走出粥铺,因为他要把卷闸门拉下。

"3号?"黄家强听到老板的这个说法颇有些吃惊,"点可能系3号?"他的全身已经站在粥铺门外,雨哗哗地落下来，他只好用防水背包挡住头部，一边把手里的风速仪罩在老板眼前，"你看，现在的风速，25，26，27……点可能系3号啊？"

"啊我就唔知了，我又唔系台风爱好者，不如你畀电视台打电话问问咯。"卷闸门哗地拉到底，将六记明和黄家强一分为二。

两个人都听到对方在门的另一端同时发出一声"痴线"。

黄家强看了一眼手表，现在是8点差1分。他戴的是迪沃斯专业潜水手表，防水深度在500米。这块表价值近6000块，是他为自己添置的少数昂贵的生活用品之一。手上的那个TSI风速仪则将近20000元，购置它的时候他与父母大吵过一架。黄家强现年42岁，在香港的一家保险公司上班，是最底层的销售人员，没有结婚，至今仍然同父母一起住在深水埗一间不足40平米的房子内。1996年，他无意中在电影院看了一部美国电影，《龙卷风暴》，讲述几位痴迷研究龙卷风的科学家的故事。自那之后他开始对台风产生强烈的兴趣。香港和澳门地理位置相近，同属亚热带季风气候，是观测台风的好地方。在香港本地和社交网络上，他有一些线上和线下的同道好友，偶尔也会一起追风，但没有一个人像他胆量这样大,他们大多会选择在较为安全的地带观测台风,如果风力过强,便会保守地退缩在室内。也没有人像他这样狂热,会不计代价地投入时间、精力和金钱到追风运动中去。除了追逐台风,黄家强几乎没有其他爱好。他人生中最遗憾的一件事是错过了 2011 年那场席卷了菲律宾棉兰老岛地区的台风天鹰,当时谁也没有预料到那场台风会那样迅猛,台风引发的洪涝最终造成一千多人死亡。次年,在第 44 届台风委员会的年度会议上,天鹰被从 140 个台风名字中去除。这一次,他有预感,天鸽将会成为另一场足以与天鹰媲美的强劲台风。他怀着无比激动的心情奔赴澳门参加这场盛典,就是要看看,上帝究竟能展现怎样的神威。他确信,这是一场前所未有的神迹。而他,将是那个只身涉入风眼之中成为台风的庇护者的唯一一名圣徒。

然而此刻,他意识到,全澳门除了他,没人知道这将是怎样的一场台风。这条朝圣之路上挤满了熙熙攘攘的无知者,令他被迫成为了他们中毫不起眼的一员。

雨越来越大,这条沿港道路的路牙已经快要被雨水浸没,黄家强掏出手机查看气象图,现在是 8 点整。天鸽在不断接近这座亚热带岛屿的东南海域,他所处的位置是整个澳门地势最低之处。他快速计算着台风移动的速度和方向，推算它将会覆盖的路线，大约还有两小时的时间，他必须去往那个最高之处。黄家强从包里把伞掏出来，伞是他母亲参加爱港力的社区活动时获赠的礼品，刚一撑开便被风刮得翻了面，手一松，伞便嗖地被风吹跑，像离弦的箭一样冲到了路那边的海湾，飘过了泊在港湾里的一艘艘私家游艇，继而向着对岸那一栋栋新建的住宅高楼奔去。不用三分钟，便抵达了珠海。

黄家强盯着那把消失无踪的伞，再次啐道，"叼，3号，点可能系3号！"然后拦下一辆正在蹚水缓缓开过的计程车，打开门坐进去。

"去边度？"司机问。

"还能去边度，往高处走啊！"

8点过10分，澳门电视台澳视葡文频道的热线电话响到了第三次，编导袁绍飞才从工位上醒过来，接起这通电话。这之前他剪了一夜的片子，刚刚睡了不到两个小时。他剪的片子并不是工作分内的新闻素材，而是自己的私活，一部试图讲述利玛窦在明朝万历年间来中国传教的故事的纪录片。1580年4月26日，利玛窦从果阿启航，沿着锡兰海岸前行。两个月后，抵达马六甲，并在这个由葡萄牙人布防的城市停留了两周。之后，他从马六甲再次启航前往澳门，在行程中身染重病。1582年8月7日，他抵达澳门港。利玛窦从西方带来了许多新奇的物品，圣母像、地图、星盘、三棱镜，以及欧几里德的《几何原本》。而他带来的地图，尤其令这个东方国度的百姓大开眼界，从此改变了对世界的看法。由于缺乏留存完整的资料，加之没有什么投资人对这个题材有兴趣，这部纪录片的制作困难重重。此时，袁绍飞仍一心惦念着纪录片素材的填补和梳理，对即将到来的台风一无所知。他工作的澳门电视台位于澳门半岛俾利喇街望厦山炮台下，因为工作的性质无需每日打卡上班，为节省房租，他在珠海湾仔租住了一间两室一厅，平时从湾仔口岸过关往返。其实从拱北口岸坐巴士更方便，但是他喜欢坐船。为了剪这个片子，他已经在电视台睡了两天，一步都没有出去过。因此，这通气势汹汹的电话让他有些莫名其妙。

"系电视台咩？"电话那边问。

"是啊，你找哪位？"袁绍飞问。

"我跟你哋讲，你哋搞错了，呢次嘅台风系8号，唔系3号啦！"电话那头说。

"什么？"袁绍飞没太听明白。虽然在澳门念了四年大学，但他学的是葡萄牙语，在电视台负责的也基本是葡文节目，广东话对他这个出生成长于安徽阜阳这座秦岭淮河以北的城市的人来说，依然犹如天书一般难懂。坦白说，并不是他不懂，而是他不太愿意懂。

"8号，8号。你们搞错了，今天的台风是8号，不是3号！不，也不是8号……至少会升级到10号！"电话那头又重复一遍。

"哦，不好意思，先生，我这边是葡文频道，不负责中文新闻。"袁绍飞字正腔圆地告诉对方。

"什么葡文中文的！你哋葡文台就唔管台风了咩？"电话那头的声音气急败坏。

"先生，你平时是不是不看我们电视？"袁绍飞问。

1999年中国政府恢复对澳门行使主权之后，这家公私合营的全澳门唯一的广播电视有限公司仍然连年亏损，一度濒临崩溃倒闭，后来由当时的澳门特首何厚铧宣布由澳门政府负责接管，改制为公营广播机构，这才在政府的资助下勉力支撑到现在。澳广视的行政总裁江濠生乃是一名出生于澳门的土生葡人。1998年12月29日，第九届全国人大常委会第六次会议通过了关于《中华人民共和国国籍法》在澳门特别行政区实施的几个问题的解释。土生葡人可以根据自己的意愿选择保留葡萄牙国籍或加入中国国籍，即使加入中国国籍，也仍可继续使用葡萄牙护照去其他国家或地区旅行。1999年12月20日，澳门正式回归中国。在度过回归日、回归翌日、冬至、圣诞节前日和圣诞节这几个公众假日之后，12月28日，江濠生走进澳门的身份证明局填写了一份简单的表格，十分钟后，他成为了第一个加入中国国籍的土生葡人。"澳门就是我的老家。"在当年的新闻采访中他面对中央电视台记者的镜头如此介绍。这之后的四年，每年他都会去北京语言大学学习四周普通话。

原本持有股份在15%以上的何鸿燊现今仍是澳广视的董事会主席，不过，随着澳广视的股权几度更迭和公司属性变更，现在电视台的真正掌控者是谁，如同他们的财报一样，是一团迷雾。因此，袁绍飞问这句话倒没有太多挑衅的意味——他们电视台播放的节目，除了极少数自制新闻外，主要是香港和大陆的影视剧和娱乐节目。最近，电视台收视率最高的节目是电视剧《人民的名义》。

电话这一头,计程车上的黄家强被这个问题问得张口结舌。电话那头又说:"先生,电视台也不是气象台。你有气象方面的问题可以打给气象台啊。"

这一边,袁绍飞听到对面骂了一句"我叼,搞乜鬼",就挂断了电话。同事Wendy刚巧路过,袁绍飞便顺口问了一句:"今天有台风?"

"是啊,你不知道?"Wendy是澳门本地人,进入电视台的时间比他早,是中文频道的编导,负责早间新闻。虽然是不同的频道,但他们的工位其实就挨在一起,因为电视台实在太小。

"哦,这样。"袁绍飞说,"我是好几天没出门了。"袁绍飞很快忘了刚刚的那通电话,起身收拾桌上的东西,纪录片没有进展,他打算今天回家休息,然后再想法补拍一些素材。

"你要走?"Wendy问,又提醒他,"我看你今天还是待在台里吧。这个天,搞不好走到一半就淹了。"

"有这么严重?"袁绍飞重新想起刚刚那通电话,"不是挂3号风球吗?"

Wendy脸上露出只可意会的笑容,"说是这么说咯。"

"什么意思?"袁绍飞问。

"香港那边几小时前就报了8号,你听窗外现在这个风声,怎么都不可能是3号啊。"Wendy说。

"啊?"袁绍飞更不懂了,"那你们怎么还报3号?"

"不是我们报的3号,是气象局那边给到我们的信息就是3号。"对这位进电视台还不满一年的年轻同事,Wendy并不想把话讲得太透彻,因为有些事情是内地人怎样都唔会懂嘅。

"为什么?"袁绍飞仍在穷追不舍。

Wendy只好说,"你知不知道电视台现在最大的股东是谁?"

袁绍飞摇头。

"那么你知不知道气象局现在最大的股东是谁?"

"气象局也有股东?"袁绍飞十分惊奇。

对话到这里就结束了。因为Wendy突然接到一个电话,通知她立刻去导播间,有紧急会议要开。她走前对袁绍飞说的最后一句话是,"如果你一定要回家,记得别从湾仔走。那里地势最低,海水倒灌,都不知道会淹成什么样。"

这时是8点35分。

5分钟后,袁绍飞决定带上他的那台佳能手持摄影机回家,走拱北口岸。

除了黄家强和袁绍飞,在澳门的另一座半岛氹仔,还有一个人也几乎彻夜未眠。时针滑过早上8点的时候,悦榕庄贵宾厅赌场的工作人员已经不动声色地换了一拨。澳门的赌场均为24小时营业,在赌场工作的人实行三班倒,早上8点交接一次,下午3点再交接一次。肖建英早上6点30就坐在了酒店早餐厅的一张空桌前,这顿早餐他享用了两个多小时。在这两个多小时的时间里,他喝了两杯普洱,吃了半口虾饺,合水吞服了两粒氨氯地平缓释胶囊。

他在等。等他的好朋友们陆续出现。

这是肖建英在这家度假型酒店住的第七天。尽管常年需要待在珠海、香港和澳门,但出生于内蒙古鄂温克的他从来都没有习惯过这里的气候。现在是8月,澳门的气温平均在27°～35°之间,这两天由于台风的缘故稍有降低,但待在户外仍然能感到湿热烦闷。肖建英穿了三层衣服,第一层衬衫，第二层夹绒背心，第三层是防风外套。裤子穿了两层，内层保暖，外层防潮。好在澳门室内的冷气一向无节制，他这么穿也就没有显得太过反常。作为发源于普吉岛的封闭式高端度假型酒店，悦榕庄最有名的是他们的SPA，结合了现代和传统的按摩技巧，配合不同的香料和草药，整场SPA的过程犹如宗教仪式一般庄严宁静。SPA结束的时候，疗养师会敲响一记清脆的音叉，将你从这场旅程中唤醒。然而，这七天，肖建英一次也没有让自己放松享用过一次这里的SPA。伴随赌场业的辉煌发展，澳门已经成为世界上米其林餐厅密度最高的地方，这一次，嗜好美食的他也没有踏入过任何一家高级餐厅。每一天早上，他第一个准时出现在酒店的早餐厅，然后等。

从外表看，肖建英没有什么特别之处，就像任何一个到了他这个年纪的男性。他穿着普通，身上没有任何表明他身家的标识。他今年58岁，由于常年饮酒的缘故，心脏、肝脏和肾都不太好，两年前曾因为中风进过一次医院，从此之后需要以比常人慢一倍的速度前行。在那之前他每天早上都会跑5公里，再吃早饭，同时收看这一天的政经新闻。如果要外出的话他很少走路，去哪儿都有司机和秘书随行，中风也就没有造成太大的影响。他的秘书实际上就是他的情妇,跟了他十几年,他们之间的关系更像君主和宦官。当然,肖建英不否认其中也有温情的成分在。但是,作为一个商人,你不能相信任何人,这是最基本的原则。第二个原则是,一切关系都是利益交换,包括婚姻。

肖建英毕业于中国政法大学法律系,父母是普通的牧民。不过,从很小的时候起,他就展现了过人的自律和野心。毕业后他原本被分配到地方上的检察院,但他没有选择这份当时在父母看来颇有前途的工作,而是回到了家乡,因为他知道那里有更具价值的东西。

矿。

2000年左右,肖建英完成了原始积累的第一步。接下来,他所做的事情和那个年代抓住了时代浪潮的人一样,开始进入资本投资的阶段,从投资金融股、法人股,到进行PE投资。他从来没有觉得自己是坏人。在资本的世界里,并不存在伦理学上的对错观念。并不存在伦理学。已经毕业几十年了,他仍然会背西塞罗的某些篇章,熟知拉德布鲁赫和波斯纳,如果跟他谈论马克思的《资本论》,他能立刻告诉你现在谈论的内容大概在什么位置。但他最为过人的本领是,耐心。

奇迹式的足以熬过持续三年没有奶水只能靠草种与树皮存活下来的耐心，漫长的足以熬过十年没有书念每天赶马斗狼与羊作伴的日子的耐心，强韧地熬过金融崩盘被所有称之为朋友的人在董事会上集体讨伐的时刻的耐心，魔鬼般地熬过在北京西城区一栋不起眼的宾馆足不出户每日被白炽灯照射一整年都无法睡觉的耐心——从那以后，他就再也睡不着了。

现在他认为自己依然没有失去这份耐心。时间指向9点10分，尽管他的朋友们一个都没有出现，他还是觉得也许他们只是集体睡过了头，或是嫌麻烦而叫了送餐服务。他们会出现的，总会出现的。至少不会一个都不来。一共六个人呢。哪个人没有和他一起出生入死，共同影响过那个无声的战场上数字的起伏？他信任他们。他信任他们的原因不是他真的信任他们，而是他掌握了他们每个人的秘密，同样地，他们也掌握了他的。

他从早餐厅转到赌场贵宾厅的一张牌桌前坐着，妆容精致的女荷官问了他两次要不要下注，他都回答不要。"我今天运气不好，不会赢的。"他微笑着回答。实际上他知道自己不会赢，是因为数学。从概率来说，百家乐是一种长期来看注定会以1%的比例输给庄家的游戏。他从来不用运气做生意，他靠的是数学，和秘密。所以他从来不赌。

转到赌场这边来坐，是因为9点的时候早餐厅突然通知提前结束餐饮供应。餐厅经理抱歉地告知他电视台和广播频道突然通知外面的台风改挂8号风球，他们需要处理一些酒店管理方面的紧急情况，"不过赌场还会正常开放。"他不知道外面的情况如何，他只关心那其余六个人究竟什么时候会从他们的套房内走出来，和他继续这一天的度假活动。

每次度假的人选都会发生些许变动。最近这两年，人越来越少了。他清楚地知道有些人可能永远都不会出现了。以往他们的度假总是在三亚的悦榕庄进行，三年前才改到澳门。他知道这是为了方便他，三年前他彻底搬到了香港。

而这一次。前三天的早晨，他们都陆续去了早餐厅一起饮茶吃饭，到了第四天，其中两位没来吃早饭。第五天，又有一位没来。对肖建英来说，这才是真正的博弈。没来吃早饭，就意味着他们在另一个地方，共同签署了一份只属于他们之间的协议，结下了一份排除异己的友谊。每个人都心知肚明。每一年为期一周的度假，从6点30到11点的早餐时间决定了这个共同利益体谁出局，谁继续。

现在是9点30。肖建英还在等。虽然穿了三层衣服，他还是感到寒冷,他将这归结于也许是台风搞得鬼。他等得起。

拉着黄家强的计程车堵在新马路附近便再也无法前进半分,他们先是被车辆的长龙在这条澳门半岛最热闹的大街上堵了将近一个小时,等到风力越来越强,马路上商铺的招牌被刮得掉下来差点砸中一位在路边指挥的警察时,水已经淹没了计程车近半的车身,开始从车门大量渗入,司机首先打开门跳了出去,尽管无奈,黄家强也只得跟着下了车,然后跟所有人一起往大三巴的方向蹚水移动。那是地势最高的地方。

与此同时,袁绍飞乘坐的巴士克服重重困难终于抵达了拱北口岸,口岸人满为患,多是被滞留在此的过关旅客,刚刚关口已经接到最新的政府通报,台风改挂 8 号东北风球,关口暂时关闭,如何处理需要等待进一步的指示。

10 分钟前,地处南湾新填海区 D 区域 1 号地段,同时也是澳门地标性建筑的澳门塔卖出了他们这一天的第一张、也是最后一张观光套票。买这张票的人叫党婷,是一位刚满

18岁的高中毕业生,土生土长的澳门人。这一天是她的生日。也是黄道十二宫第六宫处女座的第一天。

澳门塔总高度为338米,一共61层。1990年代,何鸿燊去新西兰奥克兰旅游时,那座著名的天空塔给他留下了深刻的印象,回到澳门后,他决意建造一座类似的高塔,并邀请了新西兰最有名的建筑师Gordon Moller来设计。整座塔从开始建设到完工用了3年时间,总耗资10亿澳门币,这差不多是何鸿燊所拥有的赌场现如今十天左右的收入。2001年12月19日,何鸿燊邀请了特首何厚铧和他一起为澳门塔亮灯,从此,这座高塔成为了每一位前来澳门观光的游客的必经景点。但是,在该塔动工之时的1998年,正是亚洲金融危机冲击澳门经济最严重的时候,没有人理解何鸿燊当时执意建造这座毫无必要的高塔的用意。

只除了一个人,党婷。

出生于回归那一年的党婷,对澳门如今的样子并不像其他澳门人那样常感到恍若隔世,回顾往昔会觉得身处两个截然不同的世界。自她记事起,澳门就是这个样子。虽然没有去过迪拜,但是她在网络上看过有关迪拜的图片,她觉得澳门就和迪拜差不多,一座人造之城。她对这些人工建造起来的庞然大物有着接近神般的崇拜。她的父母皆在澳门大学工作，因此自小就住在氹仔，她亲眼瞧见了这个原本只是一小块陆地的地方是怎样被一点一点填海造路而扩大，一栋栋金碧辉煌的巨型赌场型酒店建筑是怎样无中生有。这些仿照外国建筑的酒店将巴黎和威尼斯带到了她的身边，令她感到自己就处在世界的中心。

这种幻觉多少抚慰了因为恐高症而几乎无法出门的她。不过这个幻觉只有效地持续到了12岁。在那之前，党婷上的是专门招收澳门华人的学校，她周围的孩子都和她差不多，几乎都是街坊邻里的华人小孩。大家对世界都还没有什么认识，澳门就是他们心目中世界的全部。唯一的些许区别是，党婷连澳门的另一边，那座澳门半岛都几乎没有去过。说几乎是因为她唯一嚷着要父母带她去看炮台和牌坊的那一次，在巴士途经西湾大桥时，党婷没忍住睁开了眼睛，当她看着窗外大桥下闪闪发光的海水时，感到一阵眩晕，极度的恐惧在瞬间突袭了她。最终，整辆巴士不得不专门为了她一个人停在大桥上，在造成了约一个多小时的交通阻塞后，交通局、警察局和政府部门同意为这个晕厥在场的孩子破例，用警车将她护送回家。电视台在次日的早间新闻尾段向全澳居民播放了这条约 30 秒的新闻。

在晕厥过去之前，党婷倒下的过程中，眼睛看到的唯一一个东西就是对岸那座高塔。那座塔反射出的光线加速了她对接近地面的渴望。

全澳门的心理医生做出了不同的诊断。一种诊断结果说这种极为罕见的恐高症是生理性的，也就是脑部神经的器质性病变，负责平衡感的部分出了问题，它可能是先天的基因突变造成的，也可能来自家族史的基因缺陷遗传。另一种诊断结果表示，这完全是一种心理性疾病，或者叫，主观平衡障碍性疾病，属于精神性眩晕，焦虑状态诱发的通过传出冲动失藕合及传出冲动复制的感觉失匹配，可能是后天环境的某次刺激引发，或是长期的压力导致。还有一些医生认为，患者患有的其实不是恐高，而是在幼时的心理发展过程中缺乏某些必要的东西，比如安全感，而表现出的应对方式。也有一位自称是澳门中医协会会长的专家，在上门问诊之后，表示这是孩子身体天生寒气太重，没法到高处去，因为俗话说得好，"高处不胜寒"。

不管怎样，党婷的父母在尝试过各种医生给出的治疗方案均以失败告终之后，就放弃了要治愈这个疾病的想法。

党婷的母亲实际上不是老师，而是在澳门大学校董会做行政工作，父亲则是历史系的老师，不过，教的主要是葡萄牙历史。回归后，才开始兼讲中国史。有一次，他无意间看了法国哲学家福柯写的《疯癫与文明》，福柯在这本著作中探讨了精神病理学在历史维度的过渡中的变化与发展，还提出了一个观点，所谓的疯癫实际上也可以被视为一种与社会多数的"正常人"不同的少数者的状态。这个观点极大地扭转了他对女儿患有的恐高症的看法，从此，夫妻两人改变了对待这件事的态度。女儿怕高，就像有些人怕水，有些人无法忍受金属摩擦的声音，有些人坚持认为资本主义制度是最完美的社会制度一样。它可以被视为疾病，也可以被视为是那个人身上的特性的一部分。

"我们每个人都有与其他人不一样的地方。"他们这样对女儿解释。

但这个解释，以及夫妻俩刻意为女儿建立起的安全的世界堡垒，在她从小学升入初中的那一年便突然失效了。

党婷上的初中是天主教学校。回归前，在葡萄牙政府的统治下，澳门最好的学校都是天主教学校，回归后，这一点仍变化不大。她的同班同学中有混血，有土生葡人，也有回归后从葡萄牙全家移民过来的葡萄牙人。她猛然意识到，她所熟悉的那个世界似乎变了。当她和同桌，一位刚刚移民过来的葡萄牙男孩彼此介绍的时候，对方告诉她他来自葡萄牙——在过去，葡萄牙和中国这些词对她来说都差不多，仅仅是一个词汇，没有她脑海中的地理学上的意义，但她的同桌，随即翻开了他们新发的地理课本，翻到某一页，指着上面的地图，告诉她，他就来自那里。那是他的老家。他们那里也能看见大海。

其实他指的地图的位置并不真的准确，那是《山海舆地全图》，也就是明朝万历年间绘制的中国历史上最早的中文世界地图。相传是利玛窦到中国传教时，在肇庆绘制的，为了讨好中国而将中国放在了地图最核心的位置。后来经历史学家考证，这幅地图并非利玛窦绘制，而是中国人自己完成的。这是地图史上的一桩疑案。

无论如何，这完全改变了党婷对世界的认识，也就是对澳门的认识。随着她对这个世界的认识更加清晰，她越来越痛苦地意识到，自己的可能性的世界是多么窄小。她的世界不能高于两层楼的视崖。她将永远以水平面的行动参照葡萄苟存。这就是为什么她认为何鸿燊在她出生前一年决意斥巨资建造的那座塔是有意义的。虽然她和何鸿燊这位澳门最为知名的大人物没有任何关系，但她认为这座塔是何鸿燊为她而建造的。

她只有一条路可以选择，要么站到那座塔上，要么去死。

10点47分，澳门塔61层，Benson的搭档阿Ken和他最后强调了一遍关停所有设施，收好线缆，锁上蹦极台和高空漫步的对外玻璃门，各项琐碎的事务细节，然后就匆忙下到58层观光层去帮忙分散仍然停留在那里的少数游客下楼，到最底层的安全处。

此刻Benson站在61层，通过环状透明玻璃望向他家的方向，试图看清那里的水势究竟如何。两分钟前，手机上已经弹出最新通报，台风天鸽现在已挂9号风球。实时新闻上说，澳门所有的公共交通都已中断，机场、船班停运，澳门本岛与氹仔之间的三座跨海大桥、西湾大桥下层行车道全部封闭，最重要的是，连赌场都开始陆续关闭，说明这次台风是来真的了。

"叼你老母，都是他妈的赌场那些人搞的事。"半小时前，阿 Ken 就在更衣室一边卸下教练服一边骂娘。"那些人为了多赚一天的钱，才叫气象局挂 3 号风球。这事不是一次两次了，我叔叔就在气象局工作，我叼，不管刮几号风，他们都得报 3 号。关一天赌场会死啊？少赚几千万会死啊？你看吧，这次，玩大了。"

阿 Ken 的话一句也没进入 Benson 的脑子，他心里翻来覆去想的只有一件事。他家所在的位置是澳门半岛地势最低的地方，以往刮 3 号台风，水都会淹进屋里，后来加高了门槛，才将水挡在门外。但这一次的台风，他几乎从未见识过，他不知道水位会达到什么高度，而那把唯一可以从屋内打开大门的钥匙，在他的裤子口袋里。万一……他不敢细想下去，只希望能够赶紧处理完这里所有的事情，再想办法赶回家。

就在 Benson 准备关上通向蹦极台的门的时候，他听到一个声音问他，"请问现在还可以蹦极吗？我买了今天的票。"

他回头，这才发现有一名游客还在这最高的 61 层没有离去。一名看上去非常年轻的女生，几乎是个孩子。她穿着一身准备蹦极的装备，那应当是他们还没接到关闭澳门塔的通知前，同事帮她穿上的。

"不行，我们已经停止开放了。你看外面，这个天你还要蹦极？"Benson 非常烦躁。他是澳门塔的蹦极教练。澳门塔的蹦极项目是它另一个吸引世界各地的游客的地方。这个娱乐项目由世界知名的连锁蹦极运动公司 Hackett 公司经营开发，公司的创始人 A．J．Hackett 是蹦极运动的发明者，成长于奥克兰。澳门塔的蹦极项目是 Hackett 公司运营的世界上最高的商业蹦极项目，高达 233 米。Benson 在这里工作并不是因为他喜欢这项运动，或是对澳门塔有什么兴趣，他的工作内容实际上是站在那块可以俯视整个澳门的蹦极台前，将那些倒数三次还没有勇气蹦下去的客人推下去。

他非常喜欢看那些被他推下去的人惨叫着以自由落体的速度掉下去的感觉。

"我买了票，所以我有这个权利。"这位看起来仍是高中生的女孩坚持道。

Benson 没有理会她，他低头又看了一眼手机，刷新实时新闻。一条消息突然跳到了眼前，珠海湾仔那边已经被倒灌的海水全面淹没，水位漫到了二层楼，路边的车辆全部在水面之下，大树被吹倒，只露出几分树枝。他的大脑一片空白，他家与湾仔正是隔岸相望，这说明他家那边的情况只会更糟。

他摸了一把口袋里的钥匙。它在，它在，它一直都在那里。它为什么会在那里而不是在外祖母的手上！

没有用了。一切都完了。

这时，他听到身后突然传来一阵剧烈的风声。他回头，蹦极台的玻璃门竟然被打开了，狂风呼啸着吹进来，而那名女孩已经不见踪影。

三秒钟之后，他做出决定，逆着狂风向蹦极台那边跑去。

那女孩还在蹦极台前的准备区摸索着蹦极用的绳索，那里还算安全，因为视线被周遭的栏杆挡住。即便如此，那女孩也已经脸色苍白，浑身发抖，不知是被狂风吹的，还是被吓的。

Benson 冲过去试图把她拉回来，"你要做乜，搵死咩？"

党婷说，"系啊，我就系要搵死。"她死死地抓住台边的栏杆，威胁他，"你唔好管我！"

这时，距 11 点 30 分澳门气象局挂出台风升级为 10 号风球的信息还有 21 分钟。

黄家强已经一步一步地登上了 68 级台阶，站在了大三巴牌坊前，那里只剩下他一个人，其他人都躲进了附近炮台山上的澳门博物馆。

袁绍飞仍然被困在拱北口岸的出入境大厅内,他打开了自己的那台佳能摄像机,对准了厅内形色各异的躲避台风的人群,试图为这场台风留下些什么素材。

肖建英所在的赌场已经全面断电断水断气,他坐在一片黑暗之中,仍然在等他的朋友们。

11点10分。

Benson盯着党婷,问,"你满18岁了吗?"

她点点头,"今天刚满。"

Benson又问,"你之前跳过吗?"

她先是摇了摇头,然后又说,"不过我在心里已经跳过很多次了。我每天都会练习一遍。已经练习了六年。"

Benson于是说,"那好,你等我一下。"

然后他回到61层的塔内,穿回他的教练装备,又重新回到蹦极台。

他说,"你知唔知,其实我哋嘅蹦极,系可以跳双人嘅。"

他站在党婷面前,像往常那样,一一检查完毕她的所有装备。然后找出两条蹦极用的牵引绳索。一条挂在党婷身上,一条挂在自己身上。

他握紧党婷的手,一步一步走向蹦极台的边缘。

11点12分。

Benson和党婷站在蹦极台前,开始倒数。

"5,4,3,2……"

数到1之前,党婷突然扭头问,"你系菲律宾人吧,点会讲广东话?"

Benson想了想,说,"你搞错了,我系澳门人啦。"

11点13分。

天鸽以30 km/h的速度移动到了整个澳门正中的位置,此时,澳门被天鸽的风眼笼罩了不到三秒的时间,在这三秒的时间内,整座城市突然宁静下来。

后来尽管有很多人都说他们的的确确看到了那条金碧辉煌的长条形的龙,龙须像珍珠一样洁白,鳞片像宝石一般闪耀,但没有一个人有证据证明他们的话是真的。更多的人只是以为自己看花了眼。气象专家则发布公告说,这只是一种偶尔会出现的气象现象。

那条龙出现的时候,肖建英接到一通儿子从美国打来的电话，他新婚不到三个月，妻子是大学同学。他接通了那个电话，儿子在电话那头说，"爸，我和Linda有个好消息要告诉你。"

他一时没有说话，因为紧接着，漆黑一片的赌场突然恢复了照明。整座城市的紧急供电系统终于被启动了，但只能供应一部分用电，赌场是最先恢复供电的。他的眼睛适应了好一会儿才恢复正常的视力。

整个赌场大厅都是空的。肖建英看到一个身影无比缓慢地走进来。那个人脚步蹒跚，像他一样行动不便，摇摇晃晃，全身都湿透了。等她走近，他才看出那是一个褐色皮肤的菲律宾人。

她看到整个赌场只有一张赌桌上坐着人，便一步一步地走过来，拉出另一张椅子，然后坐下来，从湿漉漉的布袋里掏出一枚木制的塑像，然后"啪"地放在赌桌上"闲"的那块空档处。

肖建英疑惑地看了半天，才认出那是一枚耶稣受难十字架。

"到你了。"她说，"你卷咩注？"

实习生

沈大成

沈大成　著有短篇集《屡次想起的人》《小行星掉在下午》《迷路员》。

实习生怀疑自己存在的意义。

这批实习生共三人。三人第一天来上班时还见到一个，是更早来的实习生前辈，普通高，很单薄，连手臂最粗的地方也很细。那时，站在一间办公室外面，一名管行政的职员正同他们说话，讲的内容不重要，问问情况，闲聊似的，三名实习生同时察觉有人窥看自己，于是不顾说话中的行政职员，集体转过头去，见到了他。他从远处静静注视这里几秒钟，随后像草原上停下观望的动物，又移动了，隐没到走廊转角的阴影之中。

他们三人都在过大学三年级到四年级之间的暑假，猜想那人同年级，或是那人的学校放假早，或是学校要求的实习时间长，所以先来了。以后很长时间，他们在公司都没见过他，几乎忘了他。这三个在一起的实习生，一个是女同学，一个是男同学，第三个也是男同学，他们就读于三所不同的三流学校，以前不认识。

他们得到第一个单独相处的机会时，聊起了这家公司的招聘信息。

男同学说，自己是从杂志的分类广告上看到的。具体是本什么杂志他没印象了，宿舍里还能有什么杂志，体育、电玩、明星，总之是这类吧，他上厕所忘了带手机，从胡乱堆在旁边的破烂杂志里翻到一本，就在臭味中看了起来。这本比较特别，发票遗失声明、农产品展销会报名方式、电影套票预购、超市开业信息，内容划分成一小块一小块。一则某实业公司的招聘启事吸引了他的注意。也欢迎暑期实习生，上面写道，专业不限，日薪多少多少。他把这块纸撕下来，先用嘴巴衔住，腾出两手继续翻杂志，后来把它带出了厕所间。

女同学说，她是在手机上购物时，广告它自己跳出来的。她一目了然不是个机敏的人，这种人像河流捎带的泥沙，夹杂在朋友中做事还能保持正常速度，可一旦因什么缘故落了单往往就行动迟缓。她直拖到最后一刻才找到实习工作。实习是为了凑学分，三人来这里都是为了凑大学要求的学分，按照不同学校的规定，暑期实习价值四个到六个学分，一笔财富。

男同学和女同学看着第三个同学，等他就如何出现在这儿也说上两句，大家就同一问题发表过意见，好铺垫出一个友谊的基础。然而他垂下眼睛嗤笑了一声，说，忘记了。他站得不直，对职员的表情也不恭敬，向人问好时声音总是含混的,是他们中最为敷衍潦草的人。

这时,先前的行政职员走过来,发生在走廊上的实习生之间的闲聊被迫中断了。

刚才他们被行政职员带进第一间办公室,问候里面坐着的两个中年职员,房间拉着百叶窗,即使开着台灯,昏暗程度仍使突然进去的外人吃了一惊。这里的主要光源是电脑,照着两张平平无奇的脸,他们的眼睛像是从显示器里汲取了光线,转头时四只眼睛挥舞着四条光柱,探照灯般上上下下地扫视年轻的孩子们。三人莫名其妙被看了一阵,随后就被要求退回走廊上等,行政职员则留下来和同事们讲起话来。三人即将走到门口时,回头一看,见行政职员已把手掌撑在办公桌上,倾身靠近坐着的人,说着话,意味不明地笑,那副样子也像是在听取他们见过这三人后的感想。三人出去后等了挺长一会儿,其间就聊到了招聘广告,他们算相互认识了。

行政职员重新接手他们,领三人沿走廊移动一段,去拜访下一间办公室。之后又是一间办公室。之后走到楼上,又拜访了几间办公室。间隙就叫他们在走廊上等。今天,实习生的工作任务好像就是串门子,专门让公司里各个同事都看看他们。这里的每间办公室都不明亮，那些头从黑黑的桌面上抬起来，五官仿佛套在丝袜里一样不清楚，只有目光透出来，极其细腻地打量他们。

双方定下了实习的起止时间，还有实习生每天的上下班时间。但是，实习的感觉和实习生预想中不一样。预想中是什么样？他们倒也没有认真想过。

"我已经知道以后上班最喜欢的部分了，"几个小时后，女同学说，"就是下班。"

"这部分我也喜欢。像看一场沉闷的比赛拖进点球大战，才开始有点意思了。"男同学胡乱说。

女同学与男同学比较起上下班路上要花费的时间，两所学校分别在城市的南面和北面，实习公司在两校中点，他们一来一回差不多都要两个小时。

"所以，你最喜欢的下班部分，还要被上班路上的那部分抵消掉。结论是，上班根本就没有让人喜欢的地方。"男同学说。他向身后询问，"你呢？"

第三个同学，那个男同学嘴里嘟囔了一点什么，总之也是对实习,对天气,对交通,乃至对这个社会根本不满意的意思。

他们三人慢吞吞地走在下班路上。一离开公司,他们都往地铁站方向走去。

在室外才重新感受到夏天的威力。临近傍晚时分,比早上热多了,阳光、吸收了阳光的地面、热空气不留死角地炙烤全身,女同学脸上剩下的一点妆在融化,很快,男同学们的T恤上局部的颜色变深了,变深的面积慢慢扩大了。

公司附近商业气氛不浓,街道狭窄,只容得下一辆机动车通行,街道两旁多是两三层楼的房屋,基本是住宅,少数房子的底层开着小商店、小餐厅,也有小房子租赁给财力不雄厚、对环境无法提出更高要求的小公司。他们在路上划给行人用的白线内排队走,女同学走在前面,好相处的男同学有时和她并排走,落在她身后时,和第三个同学讲几句话,那男生始终松松垮垮地拖在后面走,年纪轻轻却对什么都提不起兴趣的样子。他们顺着街道来回转折,在燃烧着的赤红色夕阳下已经走了不短的路,突然女同学左右一瞧,瞧见实习的公司又出现在自己的左手边,它实际离得不近,但凑巧从参差的房屋的空缺处露出一角来。它是一栋外形严肃的两层楼小房子，夕阳射在它二楼的窗玻璃上，受云的影响，反光忽闪忽闪，建筑物如同具有智慧的生命体，并给了她一个眼神。

由于她急停脚步，第三个同学，那不太说话的男孩汗津津的身体一下子贴到她背上，随后又热又年轻的身体若无其事地退开了。

"那里！"她向他们一指，他们都看向那栋建筑。"像不像一路上它都在看我们一样？"

一时，建筑物与实习生们面面相觑。

"这个公司是干什么的？"第三个同学头一次清晰地说起了话。

这个问题嘛，他们相互看看，都很木然。由于不是什么好学生，来之前没了解过，而今天虽然在里面待了很长时间，见到一些人，但是这个公司到底是做什么业务的，他们根本不知道。

"谁知道！"男同学说，"打工嘛，不用知道得很清楚。随便打打，越不清楚越容易打。"

身边开过去一辆车，他们又在白线内排队向前走，再转一个弯，立即到达了地铁站。女同学和好相处的男同学乘坐不同方向的列车。女同学看到第三个同学是和自己同方向的，她已经知道他的学校就在自己学校附近，但他根本没有与自己结伴的意思，戴上耳机，几步一跨，偏偏到远一点的车门处排队去了。

公司里的职员称呼三个实习生：小张、小王和小刘。

这事很讨厌，实习生不喜欢被这样叫。一旦一个人被叫成小张或小王，除了标志他没地位，屈从于一种以手指物就可为其命名的权威，也代表权威把这个人以往自珍自赏的地方视同废品一般，他被凝缩、抽象、简化成了一个通用型符号，世界上有很多个小张，做着匹配小张这一称呼的小事，你根本不会觉得他们有任何差别。而且小刘其实不姓刘，他姓方。

有一次，女同学看到第三个同学企图纠正职员。"我姓方。"他说。但是对方立刻又叫他"小刘"。他又纠正道："方啊！"可是时隔不久，不知道职员是根本不把他的话放在心上，还是作为一种驯服的技巧，有意识地故技重施，仍然坚持叫他"小刘"。一瞬间，她以为职员会挨野性未除的大学生的打,但第三个方姓同学嘴角可笑地抽搐了一下,强迫自己把头转到职员所在的反方向,懒得理论了,同时用鼻子回答,"嗯。"

他们起初常常终日坐在一楼一间会议室待命。会议室在走廊尽头,敞开门。小张。阴沉的走廊上传出这声呼唤,女同学就站起来,顺着声音寻找办公室,去帮职员做事。

小王。这样叫,男同学就去了。

小刘。当听见有人这样叫,第三个方姓同学扭曲着脸,但终于移动了。由于不情不愿的步子迈得太慢,声音已在走廊上消散了,他往往中途要停顿一次,直到人家再次叫,小刘,他才进一步定位是楼上还是楼下,是哪间办公室,缓缓接近声源。

这里的任何一间办公室门口都没挂铭牌,他们实习了好几周也弄不清各间房的职能区别。这正常吗?可能社会上是有这样的公司吧,就像在一个家里,各区域不用挂牌子写明卧室、餐厅、阳台,这里在职的人自己清楚就行了,实习生懒得区分。

和房间一样,实习生也总是分辨不出职员间的差别。比较容易认出的是头一天领他们参观公司的行政职员,他人小小的、精精的，带着一张服务型的笑脸。其余人虽然有男有女，高瘦胖矮各不同，奇异的是，感觉相近。即使他们每天轮换办公室坐着，三人想，谁知道啊。

交代实习生做的事情也很无聊，同样是不清不楚的。职员叫实习生去，不过是把一堆混乱的文件交到他们手里，让他们按时间排列。叫他们把其中一些文件打孔后装订。叫他们把装订好的文件拆掉，按别的规则，和别的文件装订起来。叫他们往文件夹里填装新文件，把旧文件取出来塞进碎纸机。要是他们有心读一读纸上的内容，多数印着小语种的外国文字，间杂数字，看不懂。职员又叫他们把一个档案袋从一间办公室传递到另一间。次日，再叫他们把一个档案袋逆向递回去，实习生从封口处独特的绕线方式认出，它根本没被拆开过。

这样过了一阵子，三人都有一种感觉，职员们在挖空心思找事情给自己做，所做的是根本不必要的事情，现在，连不必要的事情他们也越来越难以找到了，很多文件的长边和短边上同时出现了三人亲手操作打孔机所打的孔，说明文件被用两种以上的方式装订起来过。

"小王……"一天，有个戴眼镜的职员把男同学叫到桌边,但是他自己顿住了。他转转眼镜玻璃后面的眼睛,因此暗房间里有两条光柱在晃动。他又试着说,"小王……"想通过重新启动话头,把一条正常的句子从嗓子里带出来,不幸又一次卡住了,他苦思冥想,仍然想不出该吩咐实习生做什么事。他的两条光柱,和坐在他对面的同事的两条光柱在空气中碰了碰,仿佛蚂蚁用触角交谈,随后他翻弄桌面,再翻抽屉,再翻文件柜,最后找到几页纸说:"这个,帮我丢一下。"说着脚部尽量隐蔽地做了一个动作,把字纸篓藏到桌子下。然而男同学的眼睛此时已经适应办公室里的光线了,他看见了。

这里工作量贫瘠,根本不需要实习生,这一事实再也不能隐藏了。

于是,派实习生丢纸的次日,情况有点变化。

一清早,女同学在地铁口碰到了男同学,他们结伴同行。

女同学眼里的男同学傻乎乎的,这是一种和他谈恋爱时看来可亲可爱,而当吵架时就会转变为反应迟钝、对人的理解力不佳的傻乎乎,是一种属于青年人的有弹性的傻乎乎。她熟悉这类青年,感觉亲切。

他们谈学校里的事。男同学讲宿舍空调的问题一直无法解决，最近大家像难民般睡在走廊上。"是线路改造的问题，要是大家都用空调就跳闸。现在，明明不是每间宿舍有人住，很多人都回家了嘛，不知道线路为什么还发疯。老实讲，睡走廊也行的，就是当你醒来的第一秒钟会很震惊，不知道这是哪里。还有就是注意不要被人踩，不要被头上挂着的湿衣服淋到，手机不要被偷掉。"

"有点惨啊。"她评价。她看看他，他精神焕发，可见晚上仍然睡得香甜。"我们的空调倒没坏，我的室友晚上轮流起来拨空调的片片。"

"空调片片？"

"就是那组塑料片儿，控制出风方向的。"

"知道了。"

"风对着谁吹都不高兴，所以轮流拨向别人床的方向。"

"你们不吵的吗？"

"有的宿舍会吵，我们不吵。我们只是说点难听的话。女的你知道吗，一吵翻，就一辈子不会复合了，接下来大四那年就很难过，万一人家帮你把重要的面试材料扔掉了怎么办。"

"哎呀可怕！"他兴致勃勃地感叹。

走到这里,他们眼前突现小方同学的背影,他今天穿动漫主题的T恤,后面有几排竖写的字,出自漫画人物的热血台词。小方同学站着,堵住道路,听见他们叫自己,转过身,胸口有个圈,圈里就是说了背后台词的那个有名的漫画人物。小方同学的脸又转回先前的方向,女同学看到,从他靠近脖子的短发中渗出了晶晶亮的汗水,脖子后面还有两条被汗水打湿的形状漂亮的肌肉——她观察过了,男同学胖软的脖子上没有。

他在看什么?他们也跟着看。这里就是他们第一天下班路上停下来的地方,从附近房子的缺口中看到了将要去的公司。今天晴天朗朗,建筑的玻璃不再被云弄得忽明忽暗,而是固定了一抹非常耀眼的反光,如同在确凿地盯视什么。

"是在监视我们。"小方同学不开心地说。

"这个破公司,难道它在看我们有没有来上班?"男同学也说,"真不想干了,没意思。"

"喂!"有行人从地上画的白线外绕过他们身边,没好气地提醒年轻人挡了路。

他们又走起来,都流了很多汗,几分钟后湿漉漉地到了公司,女同学用手绢小心按压着嘴唇上面、鼻子周围以及发际线附近。走廊上空无一人，职员们已经坐进了办公室里，楼上楼下一片安静，偶尔有人发出半声咳嗽，或是嗡嗡的谈话声，反而加强了阴森气氛。行政职员在会议室等他们，他原本显出凝重的表情，见他们来，就如往常一样虚假地微笑着，甚至轻快地拍了一下手，而后捻动两只掌心，宣布今天有新的任务派给大家做。他带他们走下楼梯时，整栋楼中连咳嗽和谈话声都消失了，似乎人们都在暗中屏息关注他们。顺楼梯走下去，原来一楼下面还有个半地下室。

这里实习生们从未来过，是公司的库房。

新分配到的工作是整理库房，怎么整理，没有下达具体指示，偶尔有职员要求他们从一排一排积着厚灰的文件柜里，或是从靠墙堆放的杂物里找东西，但大多数时候他们并不来烦他们，他们终于不必每天挖空心思安排新工作了。实习生也很中意这里，打开三张有点损坏的折叠椅，拂了拂灰，就有了专属座位，从此每天来了就直接钻进库房，玩手机，看漫画，睡觉，爱干什么干什么。

半地下室的门上有一方玻璃，望出去是通往楼上的楼梯。半地下室的一面墙上，在和女同学头部等高的地方，也有一条横的长方形玻璃窗，望出去是建筑物前面的水泥地。

每天到了地面上有零星的皮鞋连着一些小腿走动起来，窗外颜色发暗，库房里必须靠一盏裸露的日光灯强撑着，这时，他们就知道可以下班了。

一个下午，他们把三把椅子一字排开，面向窗口干坐着，歪斜的破椅子使他们的三条背影呈扭曲状，不平行。他们在看下雨。不久前外面下起了大雨，雨水把玻璃洗得模糊不清，望出去十分魔幻，并且室内也荡漾着仿佛游泳池底部一样的弯曲的光线。

"啊？为什么我在这里？"男同学发问。

"不知道。"女同学说，"可能我们在做梦吧。"

"我不太喜欢梦里实习。"男同学说。

"梦里考试呢？"女同学说。

"那算了，还是实习吧。"男同学务实地说。

他们继续看了一阵雨，后来女同学算了算，说："楼上有两天没有叫我们干任何事了。"

女同学最近问过一些朋友，得知他们中有的人暑期实习和自己很不一样，是具体和清晰的。你知道自己在干什么？她又改变重读部分问，你真的知道，在干的是什么？对方都回答,是啊。有的人清楚地解释起自己负责的文件内容，有的人虽然是做跑腿、搬运等简单的体力活，但也十分知道自己的工作连接起了前后两个怎样的环节。她听了，笑着表示吃惊。她的智慧使她不太站得进别人的立场，去设想别人的经历和感受，这使她成为一个单纯而快乐的人。她向来是从自己的实际经验出发，推测别人遇到的事也差不多。另外，她自知不够聪明，她走进任何情境都愿意相信它本身是有道理的，这一来也使她缺少质疑能力。所以她此前一直以为每个同学都在糊里糊涂地实习，结果竟不是。

现在她有点担心地说："咳，我们这个公司正常吗？"

小方同学笑了一下，好像在说，还用问吗。由于无用的时间多的是，又看了一阵雨，他才说："当然不正常。这不是一间真实的公司，我们都被骗了。"

男同学和女同学都看向坐在他们当中的小方同学，他的椅子相对来说最好，又摆在中间，相当于贵宾席。不知不觉中，在走廊上倒下就能睡熟的毫无心事的男同学，和承认自己不聪明的女同学，都开始在意起小方同学的想法。

"社会上有些公司，它们做成公司的样子，其实是一种包装明白吗？有个场所，放上点人和文件，伪装成上班的样子。有时候，像这里就装得不好，他们连自己装上班都不太像，更加装不像带实习生的样子。为什么伪装？怎么说呢，像是布下的一个机关，放了饵的诱捕器，挖好的陷阱，明白吗？诱饵就是我们要的学分，然后像我们这种差生，也找不到别的实习工作，就来自投罗网了。"小方同学说道。另两个人有点傻眼，还没想好如何接话。小方同学第一次把实习提升到了哲学高度，也就是说公司不是公司，实习也不是实习，它们是别的东西，这使两人沉思。

"捉我们干什么，我们有什么好的？"男同学说，"我们都很没用的，什么都不会做。"在说话的这一瞬间，男同学想起了什么人，一犹豫，那个人影逃走了。过后他才重新想到，是那个神秘的实习生前辈，难道他是前一批被捉到的实习生，现在他怎么样了？难道这一批就轮到他们三个了吗？

"把我们骗来，可能是想搜集我们这种人，再消灭我们，改造我们，或是研究我们。都有可能啊。"小方同学说着，从椅子旁边的地上捡起一个很高的饮料杯，把透明吸管吸得很响。女同学目送颜色美丽的饮料流进他嘴里，他那刚说完一堆傻话的嘴唇被沾得湿湿的，看起来十分柔软。饮料杯里的液面迅速降低了。饮料是雨下起来之前送到的，现在他们经常背着职员点外卖，外卖员来了，不进公司门，而是有默契地蹲在室外地上敲敲窗，窗子只有一小部分能水平移开，伸出手就能摸到外卖员脏脏的大脚和小腿，但他们只不过把手伸出去，接过一个塑料袋，里面装着三大杯饮料。

受到感染，女同学也继续啜吸着捧在手中的饮料。小方同学的话中有几个字触动了她。研究我们。

女同学在成长过程中逐渐认清了，作为一个普通人，其实是没有很多旁人时刻在留心自己的，以为被看，常常是把自己爱自己的心意强加在别人身上了，要是敢去与那目光对视，多半会落空，发现别人根本在看别处，在看别的人。别当自己很重要，这种智力她还是有的。可是在这儿，她总觉得被笼罩在视线中，被窥视着。

自从在路上发现了那个大缺口，她又陆续发现了很多小缺口，透过它们可以看到公司不同的局部。反过来说，公司这栋建筑物也能透过大小缺口沿路一直监控她，看她来上班了没有，下班路上做了什么。这个想法一旦冒出来，就无法擦除了，弄得她走路很不自在，因为这目光是属于非人的，简直不知道该怎么应付它。到了公司里边，以前每天要往各间办公室里跑，每间办公室里少则一人，多则三四人，人都是静态的，自己走进去，如同触动了开关，一条条发亮的目光爬过来，爬到她身体上，粘住她。最近很少去了，楼上的办公室里怎么样了呢，实习生不在时，职员都在做什么？目光是被封锁在小空间里盲目地摇动，到处寻找着她、小王或小刘，还是凝固在半空不动？还有这间库房，女同学好几次觉得有人从门上的小窗里看他们，走到门边一看，外面却没人，楼梯上是空的。

难道，真的如小方同学所讲，这里不正常，是针对想混学分的差生设下的一个陷阱？但要捉住他们干什么呢？

她忽然发觉已经放了很久的饮料仍然太冰了，毫无营养的糖水曲折地钻进了身体深处，弄得她有点儿不安心。

因为有个小节日，从周六起连续放四天假。并且就在周五，实习生收到了上个月的月薪，这让他们很高兴。他们都没怎么挣过钱，他们都隐隐想到，原来去做一件事，不管事情本身有多糟，最后收到许诺的钱，这种依约办事的感觉很不错；一个没本领独撑大局的人，那么终身依约办事也可获得一定的成就感，所以普通人、没用的人尤其需要去上班。

另外,现在是月初,收到月薪也说明,一个多月的时间已经哗哗地过去了,距离实习结束不远了,这也使他们高兴。

到了假期第三天,女同学和两个室友去逛街。她们去的是一个离大学城不太远的综合性购物中心,购物中心整体呈巨大的"8"的形状,每层叠得不整齐,都和上下层稍许交错出一个角度,每层里面又巧设了一些景观、开放式舞台、休息区,人走进去就像走进一个固体漩涡,失去了立场和标准,绕啊绕啊,陷入快乐的困境。

她们努力辨察方向,兜兜转转,终于吃到最近流行的甜品,到化妆品柜台玩耍,衣服试得多买得少。尽管昨晚她们又有点关于空调片片的纷争,不过到了白天她们表面上很要好,吃的、喝的、心里想到的都要分享,话密密地说着。

等室友上厕所的时候,女同学终于有空休息一会儿了,老这么兴致高昂也怪累的。她忽然看到小方同学从眼前走过去了,她正在一圈有设计感的台阶上坐着,不由自主地站起来。小方同学今天穿另一件动漫主题的T恤,衣服前面是一个具有超能力的动漫人物神采奕奕地蹲着,小方同学眼睛看着别的地方,直往前走,等到女同学站起来,他只留下色彩单一的背影,赤手空拳地走到很多人中间去了。

可惜，她想，她要留下来看购物袋。接下去室友们新涂了一层口红跑出来了，她待她们就不如先前那么好，心里埋怨她们来得慢，觉得绝不可能在环境如此复杂的地方再次巧遇小方同学了，可又暗暗期待着。

后来又兜了好久，试了别的衣服鞋子，说了别的话，到了另一层楼的"8"一边的圈圈中，她肩上被人用指头戳了一戳，怀着希望回头一看，真是小方同学！她没想得很清楚，简直理由也没找就扔下室友跟他走了。心里知道，女同学在一起却没有同进同出，这很不义气，但不管了。

"我来找同学玩儿。"小方同学说，他手里比刚才多出一个袋子，张开袋口给她大约瞧瞧。

"什么呀？"她朝里一看，是叠得好好的薄薄的一片衣服装在透明塑料袋里。原来还是一件动漫主题的T恤。

"很难买到的，特别限量版。我同学在店里打工，求他给我留的。"小方同学得意地说。在这故意使人混乱的地方，小方同学从实习公司里的那副死样子中活过来了，行动快速而准确。他心里仿佛开着导航，一下就找到路，坐电梯去了地下二层，说要请吃冰淇淋。排队到最前面，他对着穿围裙、挖冰淇淋球的年轻人比了一个眼神，对方则向他飞了一下眉毛，递出来的两只纸杯各装着四颗肥肥的大球。

他们坐在一边用小勺挖着吃，小方同学歪着身体，伸长脖子，透过她，也透过柜台前的队伍，继续向挖冰淇淋球的人打眼色，五官全在快活地起伏，感谢他的大方款待。

小方同学向女同学介绍："我同学呀。"

"啊，"女同学明白了，"你是来'探亲游'的。"

现在是假期，他们的公司放假，但是服务行业全开工，在各种店里打工的年轻人有许多是在校生，小方同学是来这个购物中心会见打工的朋友贪便宜吃白食的。

小方同学把四颗球鲸吸牛饮而尽，又说："放假真好，我们再去隔壁吃一下。"

说是隔壁，其实要绕半个圈。原先两人保持了一点距离，但在路上别的顾客把女同学逐渐挤到了小方同学身边，当他们终于挨得非常近时，蛋糕店过快地出现在了面前。

好像暂时吃不到了。

店外边的空地上，一个店长模样的人正在训斥两个店员，其中一个挨训的家伙不老实地偷看小方同学，小方同学脸上露出惊痛的神情，急忙做了一番手势，那家伙回应两个眼神。小方同学带着女同学走了。

255

"等等他。"看到第一个可以坐的地方，小方同学就坐下来了，坐在一个供顾客歇脚的小方块上，女同学坐在相邻的一个小方块上，它们的尺寸不大不小，只有正式的恋人可以挤坐在同一个上面。

"他叫你等了吗？"女同学说。

"说了啊。"小方同学说。

女同学很诧异，她想我怎么没看到？

"我们刚才说了。我说：'混蛋，为什么选现在挨骂？'他说：'行了，你边上等我会儿，老子就要被骂完了。骂完了来找你。'"小方同学翻译道，引得女同学又笑了一阵。

他们所在的休息区域的对面，有些人在布置一张桌子，不久又铺上一块桌布，放上宣传折页。那些人都在原本的衣服外面再套一件统一的蓝色短袖，短袖上印着一个如此之大的慈善机构标志。他们按身高排成两排，先轻声练习几遍，便由一个领头人指挥，频频地齐声高呼口号，喊的内容就是他们今天来此宣传的主题，呼吁帮助生活困难的残疾人。

两人靠观看他们消磨了时间。完全看得出他们也是在校生，被招募来做这件事。小方同学起劲地辨认着脸，希望找出一张认识的，但都不认识。两人继续观看那些脸，因为他们代言慈善，站在正义这边，两人以为可以从他们脸上发现他们知晓某种意义的特征，但好像也不是人人都有，有的人听着自己口中高呼的口号，表情极惊诧，好像做梦也没想到自己会说这种话，看着真好笑。

一会儿，蛋糕店实习生果然来了，他还穿着打工制服，不知要了什么花招偷溜出来。刚被骂又溜出来，说明他有胆识。他用臀部把小方同学拱开一点，热乎乎地贴住小方同学，他们挤坐在同一个小方块上，有时要用手揽住对方避免掉下去。小方同学介绍了双方。

蛋糕店实习生是个真正随和的人，起先他自吹自擂，夸说店长虽然骂他，实际非常欣赏自己，依赖自己，再没有哪个店员可以像自己那样和顾客打成一片，亲切地把钱从他们口袋里拿出来。后来他问小方同学："你们实习的地方好吗？"

"怎么看好不好啊？"小方同学有头脑地问。

"就比如说，你们加班吗，请假制度严格吗，平均一星期被骂几次，正式员工欺负你们欺负得凶吗，累的时候偷得了懒吗，做错事情罚多少钱啊？"从蛋糕店实习生一连串的问题中，勾画出他本人可悲的工作环境来。女同学颇为遗憾地看着他，他眨着眼睛殷切地等待回答。

"累？每天……每天有一点儿累的。"小方同学不忍心地哄道，知道他吃了挺多苦，急需别人分享一点苦事，好得些安慰。女同学看出小方同学竟是厚道的人，他厚道而可爱，难怪能广交朋友。小方同学继续说，"唔，但是我们那儿的主要问题是，实在太没意思了，还是干卖蛋糕的活儿好。"接着就把公司情况极为夸张地诉说起来。

"知道了，这种公司真的是骗实习生的。"蛋糕店实习生说。

"对不对，我说过。"小方同学对女同学说。

"骗我们？"女同学说。

"每年到了这时候，都有学生失踪，出去实习，然后回不来了。你想想，你上一届的学长中难道没有出过这种事吗？有的吧？"听到蛋糕店实习生这样说，她愣怔地想，肯定是有的。

蛋糕店实习生在对面的慈善口号中说了这样的事情：人类为了遴选优秀的继承人，把即将踏入社会的新人放进实习这道程序里去测试，如果认为一个人好，就马上鼓励他，收

258

编他；如果认为一个人不太合适，对人类的未来缺少帮助，就打击他，再改造他；如果认为一个人太不合适了，则把这样的人收集起来，销毁，因为他们虽然样子像个人，但再成长也没什么用了，注定是废物了。说到这里他说："不好意思，不是说你们。"他又说："你们觉得实习时的各种事情是真的吗，也觉得假假的是吧？就像对面那些人，他们当中也许已经有人产生了怀疑，觉得'怎么搞的，老子那自由的灵魂，为什么要念这么僵硬的台词？'这说明我们肯定是在程序里面试炼。我每天来上班都没什么真实感，刚才也是，我一直跟自己说那是假的，是程序使我觉得有，其实并没有一个人在辱骂我，就这么熬过来了。"

蛋糕店实习生还想说下去，突然，他的同伴跑过来了，还没离得很近，就连连向他招手。蛋糕店实习生急跳起来就要回店里，但又停下了，从裤子口袋里掏出一些东西扔到小方同学的大腿上，"给你们，这是我在程序里拼命挣到的。"他们一数，是这家店的十张优惠券。他们感动地抬起头，恰好见到蛋糕店实习生一头钻进了店里。

再有一周，暑期实习就将结束了。

近来职员们不再给实习生分派任何工作任务，仿佛彻底抛弃了他们。他们感到小楼里分明有人，而且和以往不同，职员们都在活动，做一些他们看不见的动作，展开一些他们听不到的交谈，诸多事情发生在楼梯以上，动静传到库房门外，就停止了。这里静得可怕。

这个下午，女同学竖耳倾听，随后在文件柜之间无聊徘徊，柜子上积的灰，渐渐都被他们吸光了、摸没了，库房干净了。她产生了不好的联想，"唉，像被关在地牢里一样。"

"地牢？没关系的，再坐坐吧，我们没几天就要刑满释放了。"男同学说。他用手指抠抠那扇可以望见室外地面的窗玻璃，擦掉了一块污迹，问道："你出去后最想干什么？"

女同学想了想，没有迫切要做的事。虽然很无聊，也很不安，虚耗着时间，但目前受困的状况，竟没有阻碍她去完成什么必须要去完成的事情，也就是说，她根本没有什么非做不可的事。在晃来晃去的过程中，她想起自己的朋友说实习是很真实的，又想起小方同学和蛋糕店实习生却说这是一个程序，两种观点一起干涉她的思想，就像用视力差别很大的双眼看东西，眼前虚虚实实的，困扰了她。于是她没有说话。

男同学很快就忘了索要答案。他有一个较长远的担忧，他还很少为未来操闲心，是最近的经历改变了他，他又问："以后，就是再过大概一年左右，我们就要正式进到一家公司里，然后就成天这样子？几个月，几年，十几年，最后三十年过去了，等于一个无期徒刑咯？"

"是吧。"女同学说。她想要是小方同学此时在就好了，他也许可以说出几个减刑的方法。

小方同学不在库房里。他在三十分钟前被行政职员叫上了楼。

当时，门在三人未注意的情况下突然洞开，一股风由上而下灌入室内，行政职员随风出现在门口，他等自己引起充分的注意后，就和蔼地呼唤："小张，小王……"他炯炯有神的眼睛均匀地停留在他们身上，又说，"……小刘，你们来一下。"三个人都愣住了。行政职员挂着笑容说，"大家想帮你们把实习考评表填一填，下周给你们带回学校去。我们在会议室等你们。一个一个来，小刘你先。"他看着小方同学。

小方同学本来闲坐着，他从那张较好的破椅子上站起来，迎接久违的召唤。他脸上不是没有困惑，但神情随即被一种冒险去征服未知事物的勇气刷新了，焕发出光彩。他不及交代任何话，歪着嘴角向同伴们笑笑便出发了，他那轻快的笑容刻到了女同学的心里。小方同学走到门口，行政职员把一只手亲热地放在他的肩上，如此阻住了回头路。他们一起走出去了，门在两人和两人之间关上了。

女同学正在敷衍男同学的问题，同时担忧，他们去得未免太久了。这时，门再次打开了，行政职员叫男同学随他上楼。

"小，小刘呢？"他们问。

"在上面。"行政职员回答时，女同学和男同学都吸了吸鼻子，闻到随着门被打开，外面空气中的味道发生了变化。

男同学从窗边走到门口，大约需要二十步，他越走脚步越软、越迟疑，不到行政职员面前便停下了，行政职员积极地上前迎接他，同样把手放在他的肩上，圈着他走出去了。男同学最后落在女同学脸上的目光相当复杂。门在两人和她之间关上了。

女同学走到小方同学的椅子上坐下，椅子朝着窗，她扭着身体，把手肘搁到椅背上，向身后看去，这动作使椅子发出不安的呻吟。库房里只剩下她自己了。女同学喜欢和别人在一起多于喜欢独处，和别人在一起时稍有争执她也不担心，因为相信人家不会同她认真计较的，不需要计较，她也从不过分争取什么，她是小的，柔软的，驯良的，像海蛞蝓一样的人。假如社会规则不太严厉，哪里都能容下这样的自己吧，她原本想。可是实习以来，她遭受了异样的审视与自我审视，又使她不能确定这点了。

从这个位置往身后看去，库房里没有生气。那味道通过门的缝隙弥漫进来，更浓郁了。

在味道中，男同学前几天说过的一个她不当回事的梦，此时想起来了，而且她确定，刚才在被带走的那一刻，男同学自己分明也重新记起那个梦来了——

看来电路将永远坏下去。那一晚男同学照旧睡在寝室外面，似乎刚合上眼睛，走廊上震动了，有人招呼他开会。他想现在开什么会，懵懂地蜷腿坐起来。身边的弟兄们全闭着眼睛，也从各自的席子上坐起来了，他看到仿佛他们心里默数一二三，而后同时把眼睛睁到最大，人人眼中放出两条乳白色光柱，可以独立移动。大家缓缓起身，以光柱照路，就往走廊尽头走，会议室在那儿。男同学知道这是梦了，在梦里他来到了实习公司，在梦里他将和职员们开大会。

职员的数量原来很多呢，除了同一层楼的，从楼上也陆续走下来一些，都从他的身边经过。他几乎是最后一个进入会议室的，先来的人已经围坐在会议桌周边，后来的人站在他们身后，桌子靠近门的这一边没有坐人或站人，因此当他一走进去，他就被孤立在所有人之外，同时处于所有人的视线焦点之中。

他逆着光芒，顺时针环视他们，认出来了，都是曾在各间办公室里见过的职员，男的女的，资深的年轻的。看到了行政职员，他的表情像是笑到一半静止了，和别人不同，他脸前是光秃秃的，但突然他示威一般拧亮了眼里的光柱，它们特别长而且特别亮，原来是他一向收敛起来了。又见到一个人，那是曾叫自己去丢纸的戴眼镜的职员，他的光柱被眼镜拦成两截。再见到一个人，身形很瘦，很单薄，他感觉见过的，梦中一想，是第一天来时在走廊上观察自己的实习生前辈，他竟然早已被他们同化，成为他们的一员，也许是日日坐在昏暗的办公室里得到很好的掩饰，此时他站在众人当中就比较出来了，他的光柱是短的和微弱的。

判决开始了。男同学知道是判决，是因为有个人以某种方式宣布了，不是语言，而是别的一种什么方式，总之使他知道了，大会的主题正是对他进行判决。职员们轮流以那种非语言的方式表态：没用，没用，没用。他们说。行政职员说了。眼镜职员说了。实习生前辈也这样说了。大家的目光轮转在表态的职员身上。全员表态完毕。他们彼此碰碰目光，样子像在自由交流，大量光柱乱舞到他头晕。没等多久，会议主持人当庭宣布：这个人没用！刹那间，所有的目光调整角度，再次全部射向男同学。男同学心道大事不好，他很想说，再认真判一下啊。可是发不出声音，每道目光都开始烧灼他，他立即嗅到自己被烧焦的气味，身体分解成的黑色颗粒正在飘散。

男同学回到了席子上，一摸，身体完整，耳中听到很多呼噜声、咂嘴声，他的同学都在周围安睡，搬到走廊上的电扇呼呼地吹着风。男同学说，作为没用的人被销毁了，这感觉醒来后也像真的。

难道，自己闻到的是小方同学和男同学被销毁的味道？女同学把头靠在胳膊上，说不出的难过，感到了自己的卑微、他们的卑微。她现在似乎听到声响了，有人从楼梯上走下来，

265

把手搭在门把手上,门好像要被推开了。

汗从额头上爬下来了,穿过眉毛和睫毛,滴进眼睛里。他骑着自行车在滚烫的街道中迂回,真的苦透了。坐垫后面是个保温箱,外面刷得五颜六色,印着饮料店的名字,里面是饮料,冬天放热饮料,现在放冰饮料。他想,这些人为什么不珍惜健康,为什么爱喝垃圾水?尽管以前自己也爱喝,最近他恨这东西了,他每晚都希望一觉醒来饮料店倒闭。

他已经送了好几户人家,刚才从短裤口袋里拉出长长的送货单确认,下一家是那个公司。今天路上耽搁了,送过去会有点晚,假如顾客不开心,他就强迫顾客不开心地收下。但是不至于,他知道那是宛如被抛弃在半地下室的三个实习生,手将从牢窗般的缝隙里伸出来,给他们什么他们都开心。他自认处境不佳,但更同情他们,是怎么想的才待在那地方?

今天找公司不太顺利,他以为路口一转就到了,但不是。支在地上的黝黑的腿一蹬,他又骑到下一个路口去了。他甚至还去了远一点的地方,因为那儿的房子和房子之间有个空隙，提供一个视野，方便他探察路况，他以前在附近有困难就用这一招，今天也奏效了。看到了，在那里！他调整好路线，再次寻觅过去，却又碰了一次壁，公司从他的路线上无故消失了。他简直不能相信，心里怒吼一声，压低身体往前飞骑，他要再试一次。

这次他成功了。两层楼的小房子，立在了年轻的饮料外卖员眼前。

年轻的饮料外卖员从保温箱里提出一个袋子，蹲到常蹲的墙边，起先敲窗时很气，这一单生意快弄死他了。但是敲来敲去没人回应，他慢慢冷静了。他已经是一个成熟的打工人员了，成熟的人在工作中应该注意压缩情感，因为消耗不值得。他第一次趴下来看里面，无人的房间，三张空椅子对着自己。把装着饮料的塑料袋留在玻璃窗前的水泥地上，他起身走了。踢开自行车脚撑时，饮料外卖员回过头，疑惑好像闻到了什么，可房子回应以平静的神情。他骑开一段距离回头再看，这房子连同周围的房子，全回应他平静的神情。

图书在版编目（CIP）数据

伤逝 /《小说界》编辑部编. -- 上海:上海文艺出版社, 2023
（小说界文库. 第二辑）
ISBN 978-7-5321-8543-6
Ⅰ.①伤… Ⅱ.①小… Ⅲ.①中篇小说－小说集－中国－当代
②短篇小说－小说集－中国－当代 Ⅳ.①I247.5
中国版本图书馆CIP数据核字(2023)第027380号

发 行 人：毕　胜
责任编辑：乔晓华　徐晓倩　项斯微
封面设计：人马艺术设计·储平
封面摄影：陈惊雷

书　　名：伤逝
编　　者：《小说界》编辑部
出　　版：上海世纪出版集团　上海文艺出版社
地　　址：上海市闵行区号景路159弄A座2楼　201101
发　　行：上海文艺出版社发行中心
　　　　　上海市闵行区号景路159弄A座2楼206室　201101　www.ewen.co
印　　刷：上海盛通时代印刷有限公司
开　　本：1092×787　1/32
印　　张：8.5
插　　页：2
字　　数：134,000
印　　次：2023年3月第1版　2023年3月第1次印刷
Ｉ Ｓ Ｂ Ｎ：978-7-5321-8543-6/I.6733
定　　价：45.00元
告 读 者：如发现本书有质量问题请与印刷厂质量科联系　T: 021-37910000